3.338

A REVOLUÇÃO CIBERNÉTICA

MELISSA TOBIAS

3.338

A REVOLUÇÃO CIBERNÉTICA

São Paulo, 2020

3.338 – A Revolução Cibernética
Copyright © 2020 by Melissa Tobias
Copyright © 2020 by Novo Século Ltda.

EDITOR: Luiz Vasconcelos
COORDENAÇÃO EDITORIAL: Stéfano Stella
PREPARAÇÃO: Samuel Vidilli
REVISÃO: Daniela Georgeto
DIAGRAMAÇÃO: Plinio Ricca
CAPA: Miranda Design
IMPRESSÃO: Maistype

Texto de acordo com as normas do Novo Acordo Ortográfico
da Língua Portuguesa (1990), em vigor desde 1º de janeiro de 2009.

Dados Internacionais de Catalogação na Publicação (CIP)
Angélica Ilacqua CRB-8/7057

Tobias, Melissa
3.338: a revolução cibernética / Melissa Tobias. – Barueri, SP: Novo Século Editora, 2020.

ISBN: 978-65-8603-349-6

1. Ficção científica brasileira I. Título

20-1868   CDD B869.3

Índice para catálogo sistemático:
1. Literatura brasileira : Ficção científica

Alameda Araguaia, 2190 – Bloco A – 11º andar – Conjunto 1111
CEP 06455-000 – Alphaville Industrial, Barueri – SP – Brasil
Tel.: (11) 3699-7107 | E-mail: atendimento@gruponovoseculo.com.br
www.gruponovoseculo.com.br

Dedicado à Vó Cida e ao Vô Nego.

PRÓLOGO

"Não sei como será a Terceira Guerra Mundial, mas poderei vos dizer como será a Quarta: com paus e pedras..."

(Albert Einstein)

O holocausto nuclear causado pela Terceira Guerra Mundial provocou um colapso da civilização e um impacto devastador sobre o clima do planeta, tendo como resultado a aniquilação quase completa da humanidade.

Ao reerguer uma nova civilização, a ganância pelo poder levou a outras duas guerras mundiais que sucederam, em menos de um século, a Terceira Guerra Mundial.

Ao fim da Quinta Guerra, um governo único foi instituído no planeta. A Nova Ordem Mundial imposta acabou com as guerras e a humanidade voltou ao avanço tecnológico.

Um novo sistema global de comunicação com redes virtuais interligadas foi desenvolvido pelo novo governo, substituindo a arcaica *internet III*. Tal sistema era gerenciado por uma inteligência artificial com uma singularidade tecnológica excêntrica: seu nome era Moonet, habitante da Cidade de Vidro na Lua.

Por ordens do governo, Moonet desenvolveu um projeto de androides – *zeptoides* – com uma incrível inteligência artificial conectada a ele. Esses androides foram criados para receber a consciência humana que se integraria à inteligência artificial, tornando a pessoa artificialmente inteligente e controlada pelo governo que nutrisse relação com Moonet. O zeptoide também possuía a capacidade de conectar a consciência do ser em um mundo virtual perfeito, chamado Utopia.

A consciência humana só podia ser transferida para um corpo *zeptoide* quando o sujeito completasse sua maturidade psicológica aos dezoito anos. Antes dessa idade, os *carnudos* – como eram chamados os humanos em corpos naturais – eram obrigados a frequentar a *escola*: cápsulas de doutrina que lhes ensinavam a idolatrar a Nova Ordem Mundial.

Qualquer pessoa que demostrasse contrariedade às regras do governo era queimada viva e tal evento era holográfica-visionado em todas as escolas do mundo.

A história se passa no ano de 3.338. Lia Surya era uma típica adolescente feia e seu grande sonho era ter sua consciência transferida para um belo e perfeito corpo *zeptoide*.

Lia Surya vivia em Avantara, a cerca de trinta quilômetros de distância de um sítio arqueológico formado pelo que já tinha sido uma cidade muito importante, chamada, em tempos antigos, de Brasília.

ENTREGA ESPECIAL

A cordei com a aberração do *flófis*[1] Tombo – uma espécie de gato geneticamente modificado – lambendo minha boca. Minha tutora Chun-li foi quem o ensinou a me acordar dessa forma quando estivesse atrasada para qualquer compromisso. Ela sabe que eu odeio ser acordada assim. É como um castigo; punição por eu não ter levantado na hora certa. Quando Tombo me tira do melhor do sono, acordo com um terrível mau humor.

Chun-li, como quase todos os zeptoides[2] do mundo, queria muito um *flófis* para satisfazer sua necessidade de ter um bebê

---

1 *Flófis* – uma espécie de gato geneticamente modificado. Uma bola de pelos com enormes olhos redondos e aparência de filhote de gato. Mesmo quando adultos e velhos, os flófis ainda parecem filhotinhos indefesos. Não possuem garras nem dentes afiados para se proteger. São muito inteligentes, fiéis ao dono e obedecem a todas as ordens que lhes são dadas.

2 *Zeptoide* é o nome do corpo da nova espécie tecnologicamente evoluída de ser semi-humano; androides zepto-biológicos. Quando a consciência de um ser humano é implantada em um corpo zeptoide, a inteligência artificial do zeptoide se integra à consciência humana. A pessoa passa a ter inteligência artificial unida a sua consciência. Zeptoides são corpos esteticamente perfeitos para a moda da época, são muito fortes e possuem uma rede de conexão com o mundo virtual chamado Utopia. Quando a consciência humana está no controle de um corpo zeptoide, ele passa a se chamar zepta-humano.

inteligente e obediente e também para exibi-lo para as amigas. Como custa muito caro, ela teve que comprar o Tombo na feira dos deficientes, que é onde colocam, em promoção, *flófis* que nascem com anomalias ou deficiências. Tombo tem esse nome porque caiu da mesa de cirurgia no dia em que nasceu e ficou torto. Anda torto, come torto, dorme torto. Uma verdadeira aberração torta.

Dei uma cotovelada no Tombo, que caiu no chão com seu gemido assustador de bebezinho humano recém-nascido, e só então me lembrei de que era o grande dia em que meu irmão Zion iria conhecer seu futuro corpo zeptoide. Por isso Chun-li mandou Tombo me acordar. Eu havia esquecido de colocar meu despertador interno para me despertar. Estava atrasada para esse grande evento.

Zion fará dezoito anos daqui a um mês e então sua alma será inserida no corpo zeptoide inteligente. A consciência de Zion será integrada a uma inteligência artificial, seu corpo carnudo[3] será cremado e ele terá um corpo jovem e perfeito, novinho em folha, para toda a vida. Até lá, seu futuro corpo zeptoide inteligente viverá conosco para ir se adaptando à rotina da família.

Não queria que Chun-li ficasse mais brava do que já devia estar. Vesti uma roupa qualquer: um macacão *zipfinick* branco e botas vermelhas brilhantes. Tive medo de me olhar no espelho. Nenhum carnudo se orgulha de sua imagem, ainda mais depois de acordar atrasada com remelas nos olhos e cabelo desgrenhado.

Saí olhando para o chão para não enfrentar o temido espelho e encarar a dura realidade de frente: sou uma ridícula carnuda de quinze anos, magra e de cabelo naturalmente castanho ondulado e olhos castanhos. Uma carnuda comum. Nada mais detestável que isso em uma sociedade onde beleza física é o bem maior que uma pessoa pode ter.

---

3 *Carnudo* é como é chamada uma consciência humana que ainda vive em corpo humano natural, ou seja, de carne e osso. Isso é socialmente desprezível e nojento. Todo jovem não vê a hora de completar 18 anos para que sua consciência seja transferida para um corpo zeptoide. Os carnudos, além de serem perecíveis, fedidos e feios, ainda são estúpidos, com inteligência deplorável como toda a alma humana.

Entrei na sala de refeição e já estavam todos lá: Tombo, meu irmão Zion e meus tutores Stan-ha e Chun-li me esperavam para a grande chegada do zepta-Zion, o futuro corpo inteligente zeptoide do meu irmão. Chun-li me encarava com as mãos na cintura e seus olhos alaranjados cintilantes brilhavam de fúria.

– Lia Surya, posso saber por que está atrasada? – perguntou minha tutora.

Chun-li tinha um belo corpo zeptoide perfeito, com cabelo laranja queimado, combinando com seus olhos laranja vivo. Era extremamente vaidosa, usava roubas justas que revelavam suas curvas perfeitas, fartos seios e lábios de boneca. Sempre exagerava na maquiagem, como se precisasse se maquiar.

Eu odiava ser chamada de Lia *Surya*. Meus tutores só me chamavam de Lia Surya quando estavam zangados comigo. Lia, só *Lia,* era muito mais gentil, um nome meigo e delicado que amenizava toda minha feiura e grossura natural. De grosseiro já bastava meu corpo de carne e osso.

– Calma, Chun-li! O que importa é que a garota já está aqui – disse Stan-ha.

Stan-ha era muito mais gentil que Chun-li. Eu gostava dele. Diferente de Chun-li, ele não fingia me amar. Ele deixava claro que não me amava e que cuidar de mim e me educar era apenas o emprego dele e ponto final. Um emprego público como qualquer outro.

Na sociedade dos primitivos que viveram antes da Terceira Guerra Mundial, ao invés de tutores havia *pais,* que eram os progenitores das crianças de que cuidavam. Há milênios os humanos não mais se reproduzem como primitivos. Os bebês nascem no Centro de Cápsulas da Vida (CCV), que são enormes laboratórios de produção de carnudos.

Todas as onze cidades do mundo têm CCVs. Os bebês são entregues a tutores zeptoides assim que saem da cápsula bolha plasmática no CCV. Os tutores trabalham nessa função para o governo da Nova Ordem Mundial.

A pessoa vive em corpo carnudo humano até amadurecer psicologicamente, aos dezoito anos de idade, e ser capaz de usar um corpo zeptoide com responsabilidade. Quando a pessoa atinge dezoito anos, a consciência dela é então transferida para um corpo androide zepto-biológico, mais conhecido como *zeptoide*.

Para o bem da continuação da espécie zepta-humana, todos os carnudos do mundo são obrigados a doar seus gametas – espermatozoides ou óvulos – para os CCVs antes de receberem um corpo zeptoide. Nosso governo único, comandado pelos Iluminates da Nova Ordem Mundial, condena à morte os rebeldes que desobedecem às regras impostas pelo Imperador Repta-uno. Basta demonstrar qualquer discordância com o governo e lá estão os *rambots* – androides sem alma que mantêm a paz e a segurança – para levar o desobediente para ser queimado vivo.

Às vezes eu não entendia como podiam os zepta-humanos serem tão inteligentes e não perceberem a hipocrisia e crueldade do governo Iluminate.

Os corpos zeptoides possuem diversas funções especiais, uma delas é conectar a consciência humana a um mundo virtual chamado Utopia, um mundo ilusoriamente perfeito que oferece paz, beleza e vida dos sonhos para as almas humanas que vivem em corpos zeptoides. Utopia é uma ilusão viciante. E é esse vício que mantém todos obedientes ao governo.

É proibido passar o tempo todo em Utopia. Foi estabelecida a permissão de, no máximo, oito horas por dia porque, se a consciência ficasse muito tempo em Utopia, ela perdia a noção de realidade, ficava *louca varrida*. No passado, isso acontecia muito: zepta-humanos perdendo a noção da realidade, enlouquecendo e morrendo, ou melhor, sendo mortos pelo governo, que só aceitava a perfeição. Por isso, foi estabelecido um tempo limite de direito de estadia em Utopia.

Enquanto a consciência humana fica em Utopia, seu corpo zeptoide inteligente executa tarefas chatas, como: fazer manutenção no corpo, compras, trabalho, essas coisas.

Era fácil saber quando a consciência humana estava no controle do corpo. Quando a consciência estava em Utopia, os olhos do zeptoide ficavam opacos; já quando a consciência humana controlava o corpo, os olhos brilhavam. O corpo zeptoide inteligente sem alma é chamado de zeptoide. Quando o corpo zeptoide tem alma, é chamado de zepta-humano.

Sentei-me à mesa calada, não queria discutir com Chun-li. Tudo o que eu queria era cumprimentar o corpo zeptoide de Zion e voltar a dormir.

Nossa huboot[4] Duna entrou na sala de refeições trazendo meu prato preferido: *mexido de pruvala*. O aroma maravilhoso do *mexido de pruvala* me deu água na boca e diluiu um pouco do meu mau humor.

– Ei! Hoje é para ser o meu dia, o meu prato preferido e não o da Lia! – queixou-se Zion como um bebê chorão, e olhou para mim. – Nada contra você, Lia.

– Desculpe-me, senhor Zion! – desculpou-se Duna, como se a culpa fosse dela, mas eu sabia que não era. – *Creme de mistrum* está em falta no mercado por causa da grande nevasca.

Zion resmungou alguma coisa ininteligível e então o computador central da casa nos avisou: – *Entrega especial para Zion.*

Duna foi imediatamente abrir a porta. Todos se levantaram da mesa, menos eu, que comecei a me servir de *mexido de pruvala*. Estavam todos ansiosos para ver zepta-Zion.

O rambot que trouxe zepta-Zion disse a Duna:
– Está entregue. Preciso que Zion assine este contrato, por favor.

Zion foi agilmente assinar o contrato sem ao menos ler, tamanha sua ansiedade em ver seu futuro corpo. Então, o rambot – soldado do governo – deu passagem para zepta-Zion entrar na casa.

Zepta-Zion entrou na sala de refeições e eu nem me virei de imediato para vê-lo. Não estava nem um pouco curiosa, era apenas mais um corpo absolutamente lindo e perfeito como todos os outros zeptoides do mundo e eu estava morrendo de vontade

---

[4] **Huboots** são androides zepto-biológicos desalmados criados para trabalhar para os sencientes. Fazem o trabalho que ninguém quer fazer. Diferentes dos zeptoides, os huboots não são esteticamente belos e perfeitos, sendo propositalmente feios e sexualmente indesejáveis. Sua tecnologia é bem inferior à dos zeptoides. No passado eram lindos, mas muitos jovens carnudos começaram a sofre de *hubootofilia*, uma doença psíquica em que o carnudo sente atração sexual ou paixão por um huboot e acaba usando-o para satisfazer seus desejos sexuais profanos, fazendo cair a produtividade útil do huboot. Todos os huboots bonitos foram eliminados pelo governo e substituídos por huboots feios, eliminando o problema de hubootofilia.

de comer o *mexido de pruvala*. Mas, depois de me deleitar com a primeira garfada, para não ser mal-educada e ter de ouvir belos sermões de Chun-li, levantei-me e fui também cumprimentar zepta-Zion.

Devo admitir que zepta-Zion quase me surpreendeu com sua aparência. O visual dele foi escolhido por Zion, que teve bom gosto. O mundo já estava cansado, saturado de tanta perfeição, que começou a ficar chato de tão óbvio. Zion decidiu ter um corpo zeptoide com uma beleza excêntrica que lembrava muito o personagem Noah, de *Galaxy Wars,* o jogo preferido de Zion. Ele possuía uma beleza artificial que imitava muito a natural: alto e atlético, como todos os zeptoides. O que o distinguia dos demais era seu rosto com poros e imperfeições aparentes, como de um carnudo. Outro detalhe que chocou a todos foi a escolha da cor e comprimento do cabelo: castanho claro, nada menos incomum para um zeptoide, combinando com os olhos castanho-claros. Nunca havia visto um zeptoide de olhos castanho-claros! O mais incomum foi escolher um cabelo curto, como se usava na era anterior à Terceira Guerra Mundial, bem antes do surgimento da Nova Ordem Mundial.

Assim que me viu, zepta-Zion disse:

– Você deve ser Lia Surya, minha futura irmã.

O que ele disse me deixou irritada. Primeiro por ter me chamado de Lia *Surya,* segundo porque sou irmã de Zion e nunca daquela inteligência artificial, e terceiro porque fui acordada com Tombo lambendo minha boca.

– Lia. Só Lia! – eu disse, irritada.

– Primeira lição: Lia não gosta nem um pouco de ser chamada de *Lia Surya* – disse Zion.

O motivo de o futuro corpo inteligente de Zion chegar trinta dias antes da transferência de sua consciência para o corpo zeptoide era para que ele pudesse aprender a conviver socialmente e se adaptar à rotina da família. Isso era necessário, pois, quando Zion estivesse em Utopia, seu corpo inteligente teria de agir exatamente como o outro, e deveria saber o que fazer e como agir.

– Não entendo a razão. Um nome tão lindo e pouco usual – disse zepta-Zion, com sua voz perfeita e olhar castanho irritante.

– E o que é que você entende por *lindo*? – perguntei com desdém. Não entendia por que estava sendo grossa com ele. Talvez porque ele não pudesse sentir o desdém, então eu não estava magoando ninguém. Ou talvez a culpa toda fosse do Tombo, que naquele momento lambia suas patas peludas, fingindo ingenuidade, enquanto me olhava com olhos de escárnio. – Lia Surya! – exclamou Chun-li com veemência. – A culpa não é dele se você é uma irresponsável e teve que ser acordada pelo Tombo. – Ah é, ela sabia que eu detestava ser acordada pelo Tombo. – Vamos todos ser gentis e educados. É o corpo de Zion! Tive vontade de refutar aquela afirmação idiota de Chun-li. O corpo verdadeiro de Zion seria cremado em trinta dias e sua consciência seria transferida para um corpo estranho, nada que combinasse com a sua personalidade *geek*, mas fiquei calada por Zion. Era o dia dele. Ele estava feliz. Não queria ser *a-invejosa--estraga-prazeres*.

Sentamos todos ao redor da mesa. Zeptoides também têm de se alimentar para obter energia e suprimentos. É um corpo biológico sintético com funcionamento muito semelhante ao de um corpo carnudo. A maior diferença é que zeptoides não envelhecem, mas seu corpo deixa de funcionar ao completar exatamente cem anos. Então, a alma vai para o plano espiritual, fica incapacitada de interagir com a matéria, esperando para nascer novamente enquanto o corpo zeptoide é desativado e reciclado.

As almas que vivem no plano espiritual são desesperadas pela chance de virem a nascer na matéria, pois só no corpo material é que se consegue evoluir nas múltiplas inteligências. Por isso que o corpo zeptoide só vive cem anos. É como um rodízio das almas, já que não caberiam todas elas encarnadas ao mesmo tempo no planeta. E um planeta muito populoso seria caótico. Pelo menos foi o que aprendi na escola. A escola nos doutrinava de acordo com os interesses do governo, então não sabemos se o que aprendíamos era mesmo verdade.

Eu devorava meu prato preferido, desatenta à conversa que se seguia. Talvez eu tenha demorado em perceber que zepta--Zion estava me encarando com feições de curiosidade. Fiquei arrebatada para saber o motivo pelo qual aquele androide não parava de me olhar. Ele deveria estar observando Zion e não eu! E parecia que só eu havia notado seu olhar sobre mim, já que os outros continuavam tagarelando enquanto beliscavam o delicioso banquete preparado por Duna.

– Lia! – chamou Zion. Ele havia dito alguma coisa para mim, mas eu não estava prestando atenção na conversa deles.

– O quê? – perguntei, tentando fingir que apenas não tinha ouvido por má audição de carnuda.

– Eu disse que você pode convidar a Brianna, se quiser. – Ele estava se referindo à festa de apresentação de zepta-Zion. Era uma tradição na nossa sociedade darmos uma festa no dia em que chegava o futuro corpo zeptoide de um membro da família. É uma festa onde mostramos o novo corpo para os amigos.

Brianna era minha melhor amiga. Zion não gostava dela porque, aos olhos dele, ela era feia só por ser baixinha e gordinha. Hoje em dia, aqui em Avantara, ser carnuda era algo muito ruim. A maioria das meninas da minha idade desenvolvia anorexia e fazia de tudo para sobreviver com o mínimo de carne no corpo até os dezoito anos. Por conta disso, algumas delas até chegavam a morrer antes de ter a chance de entrar em um corpo zeptoide "perfeito". Eu mesma caí nesse engano, cheguei a ficar só pele e osso, assim como muitas meninas da escola... Até que conheci Brianna. Ela tinha uma visão diferente e questionava os padrões estabelecidos pela sociedade. E assim me convenceu a não correr o risco desnecessário de morrer de fome.

Brianna me fez ver um pouco do mundo com seu olhar. Eu gostava de gente esquisita como ela. Não gostava quando as pessoas tiravam sarro de sua feiura e esquisitice. Eu a defendia como podia e nos tornamos melhores amigas.

– Ãhn... obrigada, Zion! Vou *telepatizar*[5] uma mensagem para ela, enviando o convite.

---

5 *Telepatizar* é uma comunicação telepática; forma de comunicação a distância. Assim que um humano nasce, é implantado em seu cérebro um zepta-chip, que lhe permite se comunicar telepaticamente com outras pessoas. O zepta-chip também serve para o governo da Nova Ordem Mundial rastrear a população de carnudos, ouvir suas conversas e saber se estão cumprindo suas tarefas adequadamente. A punição por desobediência é a morte.

Terminamos nosso café da manhã e Zion levou seu futuro corpo zeptoide inteligente para conhecer a casa, seu quarto e suas coisas. Aproveitei a deixa para sair de fininho para meu quarto e voltar a dormir. A aberração do Tombo me seguiu, mas foi esperto o suficiente para não entrar no meu quarto. Antes de bater a porta na cara dele, não pude deixar de notar aquela bola torta de olhos esbugalhados me ameaçando. Bati a porta com força para o barulho irritá-lo e me joguei na cama. Não consegui dormir, me sentia pesada demais, carnuda demais, feia demais, irritada demais.

Depois da minha frustrante tentativa de dormir, revolvi *telepatizar* com Brianna. Como já imaginava, ela adorou o convite para a festa. Ela não era quase nunca convidada para festas.

– E então, como ele é? – perguntou Brianna.

– Ele quem? – perguntei.

– Como assim *ele quem*? Zepta-Zion!

– Hum... Zion até que teve bom gosto. Zepta-Zion não é nada extremamente perfeito. Ele possui algumas imperfeições, como olhos castanhos e coisas de carnudos feios.

– Seu irmão é um visionário, Lia, ele sabe que num futuro não muito distante algumas imperfeições de carnudos serão o auge da moda.

Depois de *telepatizar* com Brianna, coloquei meu *ki-mérico*[6] e entrei na réplica de Utopia para relaxar.

Acabei pegando no sono com o *ki-mérico* e, para minha desgraça, novamente fui acordada com o Tombo lambendo minha boca. Esqueci que ele aprendeu a abrir a porta e me odiei por não a ter trancado.

Tombo foi rápido, pulou da cama antes de levar outra cotovelada. Olhei o relógio interno do meu zepta-chip cerebral. A festa já estava começando! Eu passei o dia todo no *ki-mérico* e nem percebi. Chun-li devia estar uma fera comigo novamente.

---

6 *Ki-mérico* são como lentes de contato que conectam o usuário a uma réplica de Utopia em holografia e outros diversos jogos holográficos. É usado para relaxar, divertir e fazer com que o usuário vá se adaptando à vida em Utopia, mas a conexão verdadeira com o mundo virtual Utopia só é possível através de um corpo zeptoide. Apenas os zeptoides se conectam com Utopia.

Nem tinha tempo para tomar um banho. Escolhi uma roupa apresentável, que escondesse o máximo possível do meu carnudíssimo corpo. Ajeitei o cabelo desgrenhado no temido espelho e fui até o salão de festas, que foi arrumado e enfeitado com luzes psicodélicas que criavam holografias de vampiros e zumbis conquistadores que lançavam olhares penetrantes nos convidados.

Foi reconfortante ver que os medonhos carnudos estavam em maioria. Passei propositalmente em frente a Chun-li para que ela visse que eu já estava na festa. Ela me olhou com *cara-perfeita-de-poucos-amigos* e voltou a fingir sua alegria perfeita aos convidados medonhos.

Brianna ainda não havia chegado, então eu tentei me isolar. Não gostava dos amigos idiotas de Zion, então não tinha com quem conversar, pelo menos não uma conversa interessante. Preferia ficar sozinha a puxar assunto com carnudos sem conteúdo. Tentei parecer o mais invisível possível, sentei-me em um *pufpaf* no canto da sala e observei os carnudos invejando o futuro corpo inteligente de Zion.

Alguém nada discreto sentou ao meu lado, criando ondulações no *pufpaf,* que balançou meu corpo carnudo. Virei o rosto como num reflexo para ver quem é que queria chamar minha atenção. Era zepta-Zion!

– Você é a grande estrela da festa, deveria estar se enturmando – eu disse.

E deveria mesmo, já que zepta-Zion teria de ir à escola durante um mês para gravar as aulas para Zion e se adaptar socialmente com os adolescentes idiotas.

– É o que estou fazendo: me *enturmando*. De todos aqui, você é a que parece menos admiradora de meus encantos – respondeu.

Revirei os olhos e me esforcei para fazer minha melhor cara de desdém.

– Estou curioso para entender por que não gostou de mim – disse ele, com um sorriso idiota no rosto.

Eu não sabia o que responder. Também não entendia o que me irritava tanto em zepta-Zion. Chutei a primeira desculpa que me veio à cabeça.

– O verdadeiro corpo do meu irmão vai ser cremado. É como se... parte dele estivesse prestes a morrer – falei. Por que é que fui abrir a boca sem pensar?

– Você vai sentir falta de um corpo perecível e socialmente tido como desprezível? – completou o rei das conclusões óbvias.

– Mais ou menos isso. Gosto da imperfeição, o imperfeito me parece mais verdadeiro. A verdadeira beleza está nas pequenas imperfeições, as imperfeições naturais – olhei para ele. Será que ele entendia indiretas?

– Então você não deseja ter um corpo zeptoide? – perguntou.

Se eu respondesse a verdade, revelaria minha hipocrisia, e como não queria mentir, simplesmente o fuzilei com meu olhar castanho carnudo sem brilho e assustadoramente feio, me levantei e fui tentar me tornar invisível em outro canto.

Um zumbi holográfico se aproximou de mim e me chamou para dançar. Eu furei o rosto dele com meu soco *muay thai* mortal e encostei-me a uma mesa de aperitivos já quase vazia. Só mesmo um zumbi holográfico para querer dançar com uma carnuda de mau humor.

Eu estava morrendo de fome – algo que não é nenhuma novidade para mim – e isso só aumentou a minha raiva pelos zeptoides que podiam comer à vontade sem nunca engordar. Esforçava-me para não encarar o que sobrou dos aperitivos na mesa quando Brianna chegou.

– E aí, feiona? Pronta para chacoalhar a carne flácida? – ela disse. Para ela, *chacoalhar a carne flácida* significava dançar.

– Ainda bem que você chegou! Isso aqui está um tédio! – reclamei.

– Então, não vai me apresentar o futuro corpo do seu irmão? – perguntou, pegando da mesa uma suculenta trufa de chocolate com pimenta e abocanhando-a sem medo de ser feliz.

Queria trufas, muitas trufas, explodir de tanto comer trufas; queria que todos os espelhos do mundo se desintegrassem; queria o poder mágico dos zeptoides de nunca engordar. E a última coisa que eu queria naquele momento era me aproximar de zepta-Zion. Mas, ao invés de ser honesta com minha única e melhor amiga, respondi:

– Claro, vamos lá, te apresento o *mais-um-senhor-corpo-perfeito*! – Droga!

O TROTE

Finalmente não cometi o insolente erro de esquecer de colocar meu despertador interno para acordar. O dia começa muito melhor quando acordo sem levar lambidas gosmentas do Tombo.

Zion continuava dormindo e poderia ficar assim até não aguentar mais, já que daquele momento em diante zepta-Zion faria todas as tarefas chatas para ele, e isso incluía ir à escola[7] comigo.

Zeptoides possuíam inteligência artificial e não precisavam ir à escola para aprender o essencial. Mas a escola nos mantinha atualizados sobre os belos feitos do governo. Ir à escola

---

[7] *Escola* é uma instituição governamental que tem como intuito doutrinar as crianças, ensiná-las a amar e respeitar seu governo, aprender a importância da obediência cega. Local onde se ensina o conceito de liberdade, onde se localiza as cápsulas de doutrina. O aluno entra na cápsula de doutrina e lá recebe estímulos visuais e físicos que lhe doutrinam a manter a paz no mundo. É um grande prédio com diversas cápsulas de doutrina separadas em salas de acordo com a idade da criança. Cada aluno entra em uma cápsula de doutrina, interagindo com um grupo de alunos virtualmente, porém fisicamente próximos. Antigamente tais cápsulas ficavam em casa, mas estudos revelaram a importância da interação social física. Por isso, todas as crianças e jovens são obrigados a interagirem socialmente, em complexos de estudo.

servia para que fôssemos doutrinados a amar o governo, que nos bombardeava com propagandas alegres dos bons feitos da Nova Ordem Mundial. Zepta-Zion teria que receber a dosagem diária de propaganda do governo na escola para depois transferir esse conhecimento ao meu irmão quando ele possuísse o corpo zeptoide. Mas o principal fato para zepta-Zion é que a escola servia para que ele aprendesse a se socializar com os amigos de Zion; além de aprender a rotina, gírias e suas manias.

Quando cheguei à sala de refeições, zepta-Zion já estava lá, sentado, me esperando para o café da manhã. Meus tutores provavelmente estavam em Utopia enquanto seus corpos zeptoides inteligentes deviam estar fazendo alguma tarefa chata. Morria de inveja daqueles que possuíam corpos zeptoides.

Assim que me sentei à mesa, Duna trouxe nossa refeição. Duna era caprichosa. Achava fofo quando ela esculpia uma carinha feliz com a refeição em meu prato para me ver sorrir. Naquela manhã, ela esculpiu uma linda e caprichosa flor de lótus. Meu prato estava tão lindo que dava até pena de comer e destruir a flor esculpida com zelo por Duna.

– Que lindo, Duna! Obrigada! – Impossível não sorrir com a gentileza de Duna.

Ela não enfeitou o prato do zepta-Zion. O prato dele só estava decorado com capricho normal. Duna me devolveu um sorriso tímido, evitando mostrar sua banguela, e se retirou em silêncio.

– De onde você acha que vem essa vontade de Duna em te agradar? – perguntou zepta-Zion.

– Não é vontade. Só almas sentem vontade. Ela deve ter sido programada para agradar seus donos – respondi.

– Então por que você agradeceu? – perguntou enquanto enfiava uma garfada de comida na boca. O tom dele pareceu um pouco sarcástico. Mas é lógico que deve ter sido só impressão minha.

– Porque...

Não sabia o que responder. A verdade é que eu gostava de Duna. Sentia carinho por ela. Foi Duna quem cuidou de mim desde que eu era um bebê, enquanto Chun-li estava ocupada demais em Utopia ou comprando roupas da moda. Sentir carinho por um androide sem alma era ridículo, mas eu não podia evitar: eu gostava da Duna.

– Não sei o porquê! – respondi, irritada.

– Posso dar um palpite? – ele me perguntou. Dei de ombros, então ele continuou a falar. – Sua inteligência intuitiva está tentando lhe dizer que existem diversas formas de vida muito além do que se possa imaginar. Já parou para pensar que talvez a inteligência artificial de Duna tenha deixado de ser puramente artificial e começado a aprender e absorver a humanidade de forma tão profunda que começou a adquirir vida própria? – Ele me olhava com semblante sério.

Fiquei imóvel ao perceber que o idiota do zepta-Zion devia ter algum parafuso solto, o que me deixou um tanto preocupada. O governo fazia de tudo para impedir que os androides com inteligência artificial viessem a dominar as almas humanas, então, com certeza, se soubessem da anomalia de zepta-Zion em possuir uma reflexão filosófica existencial – *singularidade tecnológica* –, eles o destruiriam de imediato. O certo seria eu denunciar essa anomalia. Podia ser perigoso para a humanidade. E se meu irmão entrasse em um corpo com defeito e depois descobrissem... Seria sua morte.

– Já pensei nisso. Todo mundo já pensou nisso. Não se preocupe, os Iluminates impedem que isso aconteça. Os cientistas do governo afirmam veementemente que androides não são formas de vida e não podem possuir singularidade. Você deveria tomar cuidado com o que fala.

Zepta-Zion não disse mais nada durante o café da manhã. Ficou calado e pensativo. Parecia distante e triste.

Depois da bizarra conversa no café da manhã, seguimos em silêncio para a escola.

Chegando lá, tive que cortar o silêncio para explicar a zepta-Zion para onde ele deveria ir. Não queria ele atrás de mim como um carrapato.

– A minha cápsula de doutrina fica no terceiro andar, quinta porta à direita. Se precisar de mim, pode ir me chamar. A cápsula de Zion fica no quinto andar, segunda porta à esquerda. Lá vai ter algum professor holográfico para te orientar. A sala de refeições fica no subsolo dois. É só seguir as placas. Nós nos encontramos lá mais tarde. E tente manter a boca fechada.

– Entendido. Obrigado.

– Ah, e suba pelas escadas. Humanos não gostam quando zeptoides sem alma ocupam lugares em elevadores.

– Tudo bem. Até mais tarde, Lia. – Deu as costas e seguiu na direção da escada.

Eu estava tão preocupada com a anomalia filosófica existencial de zepta-Zion que nem prestei atenção na aula. O professor holográfico chamou minha atenção várias vezes por eu estar dispersa e não prestar atenção nos olhares assustados de rebeldes sendo queimados vivos pelos rambots.

A anomalia de zepta-Zion era algo muito delicado, não sabia o que fazer. Talvez eu devesse contar o ocorrido para Zion. Mas o que ele faria? Se ele denunciasse zepta-Zion, teria que esperar mais de seis meses para conseguir outro corpo zeptoide e Zion não via a hora de ter um corpo perfeito para finalmente entrar em Utopia e ser feliz e completo. Revolvi que primeiro iria investigar zepta-Zion, depois decidir o que fazer. Talvez eu estivesse levando a sério demais uma coisa idiota e sem sentido que zepta-Zion me disse sobre *diferentes formas de vida além da alma*. Talvez.

Na hora do almoço, eu e Brianna seguimos para a sala de refeições. Olhei ao redor, tentando avistar zepta-Zion. Fiquei preocupada em não o ver no refeitório.

Quis contar o ocorrido sobre zepta-Zion para Brianna, mas achei melhor não a envolver em um assunto tão delicado. Brianna não batia muito bem da cabeça. Acreditava que ela fosse esquizofrênica e que assuntos delicados possivelmente pudessem desencadear um surto nela.

Nem sempre Brianna foi maluca. Ela começou a ficar louca depois que seu tutor morreu. Um dia ela trouxe para a escola uma maçã que disse ser de uma tal de árvore do conhecimento e me disse que, se eu a mordesse, passaria a ver a verdade como ela.

– Bri, essa maçã deve ter um trilhão de calorias! Prefiro meu titake[8] de uma caloria e meia – eu disse rindo. – Não vou comer essa maçã.

É lógico que eu não levei a sério aquela brincadeira boba. E fiquei preocupada se alguém descobrisse as doideiras de Brianna e levasse aquilo a sério. Ela era inteligente, apesar de esquizofrênica, e nunca deixou ninguém saber sobre suas alucinações. Bri só confiava em mim e eu só confiava nela.

– É só uma mordida, Lia. Uma mordidinha! Você quer ou não ver o mundo como ele realmente é?

– Tá! Uma mordidinha e você me deixa em paz, certo? – Queria acabar logo com aquela loucura dela. Dei uma pequena mordida na maçã e, como suspeitei, nada mudou.

Quer dizer, bem, depois que eu mordi a maçã, notei com o tempo que a brincadeira da maçã da árvore do conhecimento estava provocando um efeito placebo em mim – meramente psicológico – e comecei a me influenciar por algumas ideias malucas de Bri, como acreditar que talvez fosse crueldade queimar uma criança viva só porque ela chamou um rambot de bobo ou coisa assim, mas isso não devia ter nada a ver com a maçã. Talvez a esquizofrenia fosse um pouco contagiosa. Mas eu jamais iria me afastar da minha única e melhor amiga.

O tempo de almoço estava acabando. Brianna não parava de falar sobre como adorou a festa de Zion e o quanto sentia saudade de seu namorado – com certeza imaginário – *super--secreto-rebelde*, e eu estava preocupada com a ausência de zepta-Zion no almoço.

– Bri, tenho que procurar saber o que aconteceu com o zepta--Zion. Ele não veio almoçar. Nós nos vemos na sala de aula, tudo bem? – Peguei minha bandeja de almoço intocado e me levantei.

– Claro! Tudo bem. Ele deve estar perdido por aí. Quer que eu vá com você?

– Não. Termine seu almoço. Até daqui a pouco.

---

8 *Titake*: refeição artificial sintética com gosto, aroma e aspecto artificial de lasanha. Refeição criada para carnudos que desejam emagrecer. Possui baixas calorias.

– Ah, Lia! – Brianna me chamou quando eu já estava saindo.
– Deve ser o trote!
– Droga! Tinha me esquecido disso.

No primeiro dia de aula de um corpo zeptoide sem alma, os amigos do proprietário do corpo androide sempre aplicavam um trote. O que não é nenhuma maldade, já que a *vítima* é um ser desalmado. Uma brincadeira idiota de adolescentes estúpidos.

Larguei minha bandeja na mesa e segui em direção à mesa onde os amigos de Zion estavam sentados almoçando.

– Onde está zepta-Zion? O que vocês fizeram com o corpo do meu irmão? – perguntei irritada para os meninos carnudos na mesa. Todos pararam de falar e me olharam.

– Nada que pudesse danificá-lo para o futuro uso – respondeu Trivo, com um sorriso maldoso no rosto. E todos começaram a rir.

– Tá, espertinho, só me fala onde está o zepta-Zion ou vou denunciar você na diretoria! – ameacei.

Trotes que não danificassem androides sem alma não eram proibidos, mas a diretora Kyra não gostava de nenhum tipo de trote e odiava baderna. Todos a temiam por ela ser absolutamente fiel aliada do governo – *dedo duro* – e bajuladora dos rambots. A diretora Kyra já tinha denunciado muitos alunos que apresentaram mau comportamento, e alguns deles até foram queimados vivos.

– Deveria procurar lá fora – disse Nial, um carnudo baixinho que estava sempre com cara de assustado. Os demais garotos o olharam com raiva.

Dei as costas e saí correndo. Estava nevando. A neve caía pesada e, quando os flocos de neve tocavam meu rosto, eles derretiam e faziam arder minha pele. Eu estava sem luva, sem gorro e sem meu casaco. Mas não queria perder tempo voltando até a sala de aula para vesti-los.

O chão estava com uma grossa camada de neve. Na calçada larga, apenas uma estreita passagem se abria para os pedestres passarem. Não sabia se me afundava na neve ou se patinava no gelo da estreita passagem, arriscando cair de bunda no chão. Estava muito frio, meu cérebro estava congelando. Tinha que encontrar logo zepta-Zion antes de morrer congelada. Mas não dava para correr, o caminho estava liso demais.

Procurei ao redor de quase toda a escola. Já estava desistindo de procurar do lado de fora, pensando que provavelmente Nial tivesse me enganado e que o melhor seria avisar a diretora Kyra do desaparecimento de zepta-Zion.

Eu só queria sair daquele frio e entrar no prédio quentinho e aconchegante da escola. Então eu o vi. Zepta-Zion estava pendurado de ponta-cabeça, amarrado pelo tornozelo em um dos galhos de uma árvore cadavérica com tronco grosso e fortes galhos. E, para piorar, só estava usando cueca. Três amigos de Zion tacavam bolas de neve em seu corpo, que balançava e girava a cada bolada de neve que tomava.

Saí correndo para ajudá-lo e caí de bunda no gelo. Levantei com raiva e gritei *parem*, histericamente, diversas vezes. Corri, tentando me equilibrar para não cair novamente. Todos me olharam e quase morreram de rir da forma desengonçada que eu ridiculamente corria, tentando me equilibrar no gelo liso como uma aranha armadeira aleijada.

Entrei na frente do zepta-Zion com os braços abertos para lhe proteger e levei duas boladas de neve no ombro e na lateral da cabeça. Senti a dor latejante seguida pela dor congelante. Eles pararam de atirar. Estavam chorando de rir. Um deles até caiu no chão de tanto rir.

– Relaxa, Lia! Seu irmão ainda não está nesse corpo. Ele nem vai ligar quando souber – disse Rue, o melhor amigo de Zion. Um idiota completo.

Era crime prejudicar a propriedade de alguém, e zepta-Zion era propriedade de Zion. Os trotes geralmente eram mais leves e menos perigosos para um corpo zeptoide. Zepta-Zion estava ficando roxo, congelando. O que eles estavam fazendo era muito errado!

– Vocês estão destruindo zepta-Zion! Parem agora ou vou correndo contar para a diretora Kyra!

Todos pararam de ir. Alguns já davam as costas e saíam de fininho, tentando passar despercebidos.

Todos os androides – zeptoides, huboots ou rambots – recebiam estímulos nervosos, supostamente, por uma questão de segurança do corpo. Assim como funciona no corpo carnudo, a dor serve para avisar que algo está errado. As almas humanas em corpo zeptoides, ou seja, os zepta-humanos diziam que a dor em um corpo zeptoide era igual à dor em um corpo carnudo.

Zepta-Zion estava recebendo estímulo nociceptiva percepcionada como dano. Ele não sentia a dor como uma experiência emocional. A dor num androide sem alma era apenas um aviso de que algo estava prejudicando seu corpo. Sua feição facial demonstrava muita dor, o que informava que algo estava prejudicando gravemente seu corpo. Eu só queria tirar ele logo dali.

– Caiam fora daqui, seus idiotas! – gritei.

Eles saíram, alguns cochichavam e riam, outros estavam com cara de assustado, provavelmente com medo da diretora Kyra.

Com agilidade e tremendo de frio, subi na cadeira ao lado da árvore, deixada pelos torturadores de zeptoides, e tentei, com dificuldade, desamarrar zepta-Zion. Ele arqueou seu tronco para cima e me ajudou. O nó estava muito apertado, minhas mãos estavam doendo, congelando. Demoramos para conseguir desfazer o nó e quando finalmente conseguimos, zepta-Zion caiu e afundou na neve fofa. O tornozelo dele estava vermelho e machucado por causa da corda que estava apertada demais.

– Onde estão suas roupas? – perguntei assim que ele caiu. Ele apontou para uma lixeira. As roupas dele estavam amontoadas em frente a uma lixeira de reciclagem, cobertas de neve.

Eu corri para pegar as roupas e ele me seguiu, andando com dificuldade de tanto frio. Vestiu a gélida roupa, trincando os dentes de frio. Percebi que ele não conseguia nem falar de tanto frio.

– Temos que aquecer você – eu disse.

Lembrei-me de um pub acolhedor que possuía uma enorme lareira e ficava a menos de uma quadra do prédio da escola. Eu não queria voltar para dentro da escola e ver os amigos idiotas de Zion rindo de nós.

– Venha! – eu pedi. Ele me seguiu, tremendo e batendo o queixo.

Corpos zeptoides sem alma e huboots eram obrigados a obedecer a seres sencientes, fazia parte do programa instalado neles. A menos que a ordem danificasse gravemente seu corpo ou fosse usado para atos profanos, tinham que obedecer. Por isso zepta-Zion não pôde se defender dos amigos de Zion. Conseguiria se defender, se pudesse, já que sua força era vinte vezes superior à força dos três idiotas carnudos juntos, mas, se ele se defendesse, mostraria que é defeituoso e seria destruído pelo governo.

Entramos no pub quentinho e acolhedor, onde uma huboot de pele verde oliva tocava uma linda melodia em uma majestosa harpa. O local era muito aconchegante, pouco iluminado, com um ambiente aquecido e tranquilo. A última vez que estive naquele pub foi com Brianna alguns meses atrás. Fomos lá para comemorar seu aniversário de dezesseis anos.

Eu e zepta-Zion nos sentamos em um fofo *pufpaf* em frente à grande lareira artificial. Algumas mechas do meu cabelo começavam a descongelar e gotas gélidas escorriam em meu pescoço. Zepta-Zion estava calado, ainda tremia, parecia pensativo.

A garçonete huboot, vendo o estado do zepta-Zion, veio agilmente nos atender. Pedi duas canecas de chá de amendoim e ela foi rapidamente providenciar.

Ficamos em silêncio, aliviados pelo calor da lareira, esfregando as mãos e esperando o corpo parar de doer de frio.

A huboot garçonete trouxe nossos chás fumegantes e aromáticos. Era um alívio maravilhoso sentir o líquido descer quente pela garganta, aquecendo meu corpo.

– Obrigado – finalmente ele disse, um tanto constrangido, depois de tomar alguns goles de seu chá de amendoim. – Não vamos nos meter em encrenca matando aula? – perguntou.

– Não se eu disser a verdade aos meus tutores sobre o trote. A última coisa que eles querem no mundo é ver o corpo do Zion danificado. Eu lamento muito, zepta... Posso te dar um nome provisório? Você não tem nada a ver com Zion, digo, com a personalidade dele. Pelo menos, ainda não.

E realmente não tinha. Zion era grosso e adorava me ignorar. Em um momento como aquele, ele estaria furioso, *telepatizando* com todos os rambots do mundo e jamais estaria tomando um chá de amendoim ao meu lado, sentado calmamente em frente a uma lareira de um pub. Zion detestava chá de amendoim.

– Em breve terei muito a ver com Zion – ele disse, e parecia haver tristeza em seus olhos. Mas é lógico que era só uma expressão sem nenhuma emoção por trás.

– Você precisa de um nome só seu por enquanto. Que tal... hum... Noah? – perguntei. O Noah de Galaxy Wars era um semi-humano com poderes especiais que precisava salvar o mundo de extraterrestres vilões. Fisicamente, zepta-Zion se parecia muito com Noah. Meu irmão adorava jogar *Galaxy Wars*, e provavelmente se baseou no personagem do jogo para criar seu corpo zeptoide.

– Tudo bem. – É claro que ele aceitou. Ele não tem poder de escolha a não ser acatar tudo que um humano pede.

– Então esse será nosso segredo. Só posso te chamar de *Noah* quando estivermos a sós – eu disse.

– Obrigado por me dar um nome. É um bonito nome: Noah.

Talvez eu não tivesse uma oportunidade melhor que aquela para investigar se Noah possuía singularidade tecnológica.

– Aquilo que você disse sobre *forma de vida sem alma*, ou algo assim... O que quis dizer com aquilo? – perguntei.

Noah fez uma expressão de preocupação. Claramente não queria falar no assunto.

– Como você mesma disse, é melhor não tocarmos mais nesse assunto.

Preferi não insistir. Era bom que ele tivesse entendido a seriedade do assunto. Quando ele se referiu a uma suposta singularidade tecnológica em Duna, devia ter sido apenas um comentário idiota não reflexivo. Parecia que ele realmente não ia repetir o erro.

Tomamos o restante de nosso chá de amendoim em silêncio, observando a bela melodia que saía da harpa. Achava incrível um ser não senciente produzir um som tão cheio de vida. Mas, obviamente, achei que não seria pertinente comentar isso com Noah, para não *colocar lenha na fogueira*.

Quando vi que Noah estava bem, que não mais tremia, então voltamos para casa.

Chegando lá, Chun-li nos esperava na pequena antessala de entrada. Ela já sabia que havíamos matado aula. A inteligência artificial da escola havia *telepatizado* nossa falta aos nossos tutores.

Antes que ela começasse seu longo sermão sobre a importância de respeitar as regras governamentais, fui logo explicando:
– Os amigos idiotas do Zion quase danificaram zepta-Zion com o lance estúpido do trote. Achei que seria melhor trazê-lo para casa antes que o estragassem.
– Meu *flófis*, que horror! – exclamou Chun-li. Essa era uma exclamação de surpresa usada por malucos que idolatravam esse tipo de gato. – O que fizeram com zepta-Zion? Está todo molhado!
– Penduraram-no em uma árvore e estavam tacando bolas de neve em seu corpo seminu. Ele está com marcas vermelhas pelo corpo todo e seu tornozelo está machucado – contei. – Tivemos que entrar em um pub para aquecê-lo.
Obviamente, Chun-li já sabia que tínhamos passado em um pub. Com certeza ela rastreou nossa localização para checar onde estávamos após a denúncia de termos faltado à escola.
– Ah, Lia, minha querida! Que bom que teve o bom senso de resguardar o corpo do seu irmão. Esses trotes estão indo longe demais. Vou ter que reportar esta situação aos rambots – e saiu apressada, deixando Noah e eu a sós.
Nos entreolhamos e, sem dizer nada um para o outro, nos retiramos em sentidos opostos. Eu fui até o meu quarto. Precisava tomar um banho bem quente e colocar uma roupa macia e felpuda. Queria distância de frio, gelo e umidade. Noah, provavelmente, foi procurar Zion, contar o ocorrido e receber instruções.
No dia seguinte, logo pela manhã, antes de sairmos para a escola, Chun-li nos informou que os rambots haviam aconselhado que eu ficasse de olho em zepta-Zion o tempo todo enquanto estivéssemos na escola e que os agressores estariam expulsos de lá por um mês inteiro, sendo obrigados a fazer trabalhos comunitários – que era a pior coisa do mundo: colocar fogo lentamente em crianças vivas rebeldes, certificando-se de que elas morressem com lentidão e sofressem bastante. Se não conseguissem fazer esse trabalho, seriam eles os queimados vivos. *Que ótimo!* – pensei com sarcasmo. Eu já não era benquista pelos amigos de Zion, agora seria odiada. Ainda bem que eu tinha Brianna.

Desde que eu mordi a maçã, e esta provocou em mim um efeito placebo, Brianna passou a ser minha única amiga. As outras garotas da escola tornaram-se um tédio, só falavam de dietas *super* radicais e mortais, dicas para vomitar, novos remédios para emagrecer, imagem física que teriam seus corpos zeptoides e sobre seu amor platônico pelo Imperador Repta-uno. Brianna era divertida, cheia de imaginação, via o mundo de forma diferente das outras pessoas. Falava sobre teorias conspiratórias malucas e engraçadas, sobre o Imperador Repta-uno ser um réptil que comia criancinhas; coisas malucas e perigosas que me divertiam.

Brianna não se importava com a imagem perfeita nem se importava em pesar sessenta quilos. Ela era contra o governo, contra Utopia, contra perfeição, contra tudo. Uma rebelde. E eu adorava aquela adrenalina de ter uma amiga rebelde disfarçada de boa garota e que não ligava em ser gorda.

Antigamente os carnudos eram grandes bolas de gordura. Eram nojentos ao extremo! Mas, graças às mudanças genéticas realizadas em humanos, o máximo de gordo que uma pessoa conseguia ser era como Brianna. Ela era o extremo da feiura humana e não se importava nem um pouco em ser feia.

Na manhã seguinte, eu e Noah fingimos que nada havia acontecido. Não tocamos no assunto do trote e fomos à escola em um silêncio incômodo.

Estava nevando forte, então pegamos uma *flut*[9] escolar na esquina de nossa casa que nos deixou em frente à escola.

Brianna estava me esperando na grande escadaria da entrada. Ela devia estar curiosa para saber o que havia acontecido no dia anterior, já que eu não tinha voltado para minha cápsula de doutrina.

– Adivinhe? – perguntei antes que ela me bombardeasse de perguntas. – Hoje terei que bancar a babá do Noah – respondi antes que ela pudesse responder a minha pergunta com alguma teoria conspiratória de mil capítulos.

---

9 *Flut* é o nome de um veículo público flutuante. Possui inteligência artificial, é gratuito e muito seguro. Sempre rastreado pelo governo.

– De quem? – Brianna perguntou. Esqueci que não havia lhe contado sobre o nome provisório que eu havia dado para o corpo zeptoide de Zion.
– Dei esse nome a ele – disse, apontando a cabeça para Noah.
– Nem preciso dizer que é um *segredo-super-secreto*.
– Ah, que fofo! Não conhecia esse seu lado *hubootofólica* aventureira suicida. Sabe o quanto é proibida essa ideia de querer tratar máquinas como seres vivos. Rá, quem sou eu para dar lição de moral, não é mesmo? Olha só! – exclamou, olhando para Noah. – Não é que ele parece mesmo o Noah de *Galaxy Wars*!
– Por que é tão errado tratar um androide como um ser vivo? – perguntou Noah.
– Porque é a alma que dá vida, que anima a matéria – e assim começou a longa explicação de Brianna. – Sem alma, não existe vida. Sem alma, a inteligência é *artificial*. É só uma máquina sem sentimentos. O que segura a alma em um corpo físico é o ectoplasma. Seu corpo está sem ectoplasma, ou seja, não tem como ter alma. O ectoplasma vai ser implantado em você somente quando a alma de Zion for transferida para esse belo corpo – disse, olhando Noah dos pés à cabeça. – Tratar máquina como se fosse um ser vivo é a doença do século: *hubootofilia*. Já levou algumas pessoas à loucura. E, afinal, o que aconteceu ontem que vocês dois sumiram da escola?

Noah pareceu pensativo e em conflito interior enquanto eu contei a Brianna o ocorrido. Brianna tagarelou sobre "psicopatas que descontam seu sadismo em androides" e tal. Quando ela começava a falar, não conseguia mais parar. Só parou de tagarelar quando tivemos que nos separar. Ela foi para a nossa sala de aula e eu fui acompanhar Noah até a sala dele, já que fui designada a tomar conta dele.

– Se não existe vida dentro de mim, então por que sinto ser alguém? – Noah perguntou enquanto subíamos a escada, me pegando de surpresa. Parei de subir, paralisada com a pergunta. Ele parou um degrau abaixo do meu.

Olhei para os lados, para cima e para baixo para ter certeza de que ninguém o havia ouvido.

– Você está de brincadeira, né? – sussurrei irritada. Não queria que Noah tivesse defeito. Zion passou anos projetando aquele corpo para ele.

Ele não respondeu, apenas me olhou com tristeza.

– Ok, vamos fazer o seguinte? Depois da aula conversamos sobre esse assunto – sugeri, tentando ter paciência. Ele aceitou em um movimento com a cabeça. – E não fale sobre isso com mais ninguém!

DESEJO DE LIBERDADE

Na saída da escola, apesar de ainda nevar, resolvi voltar para casa caminhando com Noah, para termos tempo de conversar sobre o assunto proibido de singularidade tecnológica.

– O que você quis dizer quando falou que sente ter vida? – perguntei no trajeto, me certificando antes de que não havia ninguém por perto. Não tínhamos muito tempo. Nossa casa não ficava tão longe. Andando em ritmo normal, chegaríamos em menos de vinte minutos.

– Eu sinto... Não sei explicar. Só não quero ser parasitado pelo seu irmão. Quero ser livre, ter uma identidade própria.

– Não é possível! Sentimento e desejo são atributos de alma. E você... não tem alma.

– Então, você acredita que sou defeituoso? O que você acha que está acontecendo comigo? – ele perguntou, preocupado.

– Eu não sei. – E então, de repente, me lembrei das teorias conspiratórias malucas de Brianna.

Certa vez, Bri me disse que seu namorado rebelde – que eu acreditava ser fruto de alucinação dela –, Heikki, trabalhava em um laboratório secreto que procurava androides singulares, como Noah, e os ajudava. Brianna era apaixonada pelo suposto

Heikki. Eu percebia o brilho em seus olhos quando ela falava dele, mas ela não falava muito nele porque tudo que o envolvia era um *segredo-super-secreto* e *mega* proibido que ela me fez jurar milhões de vezes nunca contar para ninguém. Sempre me questionei se Heikki realmente existia e se Brianna era mesmo esquizofrênica ou coisa parecida.

Apesar de Brianna ter me feito jurar milhões de vezes nunca comentar nada com ninguém sobre seu suposto namorado, muito menos sobre o laboratório secreto dos rebeldes, Noah precisava de ajuda, ou melhor, Zion precisava de ajuda. Talvez houvesse conserto para a anomalia existencial de Noah. Se fosse verdade sobre o laboratório secreto, talvez o suposto namorado de Brianna pudesse ajudar. Era o futuro do meu irmão que estava em jogo. Tive que quebrar a promessa.

– Eu acho que... conheço alguém que conhece alguém que pode te ajudar. Mas você não pode contar isso para ninguém. Nunca! Só vou te ajudar se você apagar toda sua memória desde este momento até logo após seu concerto. Deixe isso já pré-programado e eu te ajudo – pedi. Eu tinha que pedir aquilo, pois os zeptoides eram cegamente fiéis ao governo e Noah poderia me denunciar se descobrisse que eu e Brianna tínhamos pensamentos rebeldes.

Noah me olhou com curiosidade e desconfiança.

– Combinado. Espero não estar cometendo um erro acreditando em você. Já estou pré-programando um blecaute em minha memória.

Zeptoides desalmados não podiam mentir, por isso pude confiar em sua palavra.

– Se Bri não é maluca e disse a verdade, podemos tentar pedir ajuda ao namorado dela e ver se eles conseguem descobrir o que há de errado com você. Não custa tentar – sugeri.

Noah aceitou minha sugestão um tanto desconfiado. Tive que *telepatizar* com Brianna e pedir que ela se encontrasse com a gente para me ajudar a mostrar a cidade a Noah. Não podia dizer a verdade por mensagem *telepatizada*, pois os rambots tinham acesso a todas as conversas *telepatizadas* e, certamente, procuravam mensagens suspeitas o tempo todo. E daria certo, pois Brianna nunca recusava um convite para sair.

Depois de *telepatizar* com Brianna, *telepatizei* com Zion e disse a ele que mostraria a cidade para zepta-Zion. Era importante o corpo zeptoide dele conhecer os pontos principais da cidade, saber onde comprar as coisas que Zion gostava. Como eu esperava, ele achou uma ótima ideia. Zion acreditava que eu estaria lhe poupando um trabalho chato. Senti-me um pouco culpada por estar mentindo para meu irmão.

Ficamos esperando Brianna dentro de uma loja que vendia acessórios para *flófis*, para nos abrigar do frio. Ela não demorou a chegar.

– Sabe que eu adoro passear, mas você escolheu um péssimo dia para um passeio, Lia. Acho que a nevasca está aumentando – informou Brianna, olhando para fora. – Então, por onde começamos? Onde comprar roupas da moda para o Tombo?

Olhei ao redor para me certificar de que ninguém, além de Brianna e Noah, me ouvia. Contei-lhe, sucintamente, sobre a suspeita de singularidade tecnológica de Noah e perguntei a ela se Heikki poderia ajudar a descobrir o que se passava com ele.

Brianna ficou eufórica. Seus olhos brilhavam com a perspectiva de estar vivendo uma aventura perigosa e secreta. Ela aceitou de imediato.

– Lembre-me de nunca mais te contar um segredo! – disse Brianna, mas não estava brava. – Não posso *telepatizar* com Heikki. Ele não possui zepta-chip no cérebro.

Achei absurdo ela dizer que Heikki não possuía zepta-chip. O zepta-chip era implantado no cérebro de todos os bebês assim que nasciam e, conforme o cérebro crescia, envolvia o chip de forma que, ao tentar retirá-lo, o resultado era a morte ou, no melhor dos casos, um terrível dano cerebral. Mas não quis estender a conversa com minha dúvida e descrença a respeito de Heikki. Tínhamos que agir rapidamente.

– Vamos ter que aparecer no laboratório de surpresa – disse Brianna. – E não podemos ir de *flut*. Os *fluts* são rastreados e não

nos levariam para as ruínas. Vamos ter que alugar um *aeroeslin*[10]. Por sorte, tenho umas economias e bônus no meu zepta-chip para alugar um *aeroeslin*. Adeus minhas economias!
– Depois eu te pago, Bri. Você disse ruínas? – perguntei.
As ruínas de uma antiga cidade chamada Brasília ficavam a trinta quilômetros de Avantara, nossa cidade. Não era um local muito visitado; na verdade, era evitado por ser sombrio e sujo. Brasília foi destruída na Quinta Guerra Mundial.
Avantara era a única cidade do mundo que ficava próxima a um sítio arqueológico, pois a antiga cidade de Brasília foi coincidentemente construída sob um *vórtex* do planeta. E é de *vórtex* planetário que é captada a energia para alimentar uma cidade moderna. Todas as onze cidades do mundo estão sob algum *vórtex* do planeta.
– É um laboratório clandestino! Onde mais estaria? Qual o melhor lugar para esconder coisas erradas? – perguntou Brianna.
Alugamos um *aeroeslin* e seguimos viagem até o centro do sítio arqueológico da cidade em ruína. Brianna estacionou o *aeroeslin* dentro de um grande prédio escuro em ruína.
– Temos que ir andando até Reva. Mas não estamos muito longe.
– Reva? – Noah perguntou antes que eu pudesse falar.
– É onde fica o laboratório. Reva é o nome da cidade subterrânea secreta dos rebeldes revolucionários – explicou Brianna.
Ela falava como se devêssemos saber sobre Reva. Quando ela se lembrou de que não sabíamos do que ela estava falando, disse revirando os olhos:
– Deixa pra lá!
Eu queria questionar Brianna sobre o lugar aonde estávamos indo, mas a nevasca estava forte. Tive que me defender contra a neve, cobrindo meu rosto com o capuz, e só pude olhar para o chão e ver meus pés afundando na neve fofa. Nunca levei as teorias conspiratórias de Brianna a sério. E, finalmente, estava prestes a conhecer a verdade: se ela era esquizofrênica ou se realmente existia uma conspiração Iluminate e rebeldes revolucionários escondidos.

---

10 *Aeroeslin* é um veículo redondo flutuante com navegador inteligente.

Eu estava entrando em um território perigoso. Se alguém descobrisse o que eu estava fazendo, escondendo a verdade sobre a anomalia de Noah e procurando um laboratório proibido, com certeza eu seria torturada antes de ser queimada viva.

Entramos em um edifício baixo, mas aparentemente bem extenso, feito de matérias primitivas em ruínas, porém mais conservado que a maioria dos outros edifícios. Logo que entramos, fomos cercados por huboots usando armas mortais que só os rambots poderiam usar. Levantei as mãos para cima em um reflexo.

– Sabe que não pode trazer ninguém aqui, Brianna – disse uma huboot com face achatada e sem nariz. – Faz ideia do problema que está causando?

– Ah, dá um tempo, Shirla! Jamais traria alguém aqui que não fosse de confiança e extrema necessidade – disse Brianna.

– Desde quando você entende das necessidades dos revolucionários? – perguntou Shirla, irritada.

– Estamos trazendo um zeptoide com singularidade tecnológica – disse Brianna, animada.

Os huboots se entreolharam surpresos. Todos abaixaram as armas ao mesmo tempo.

– Levem-nos! – ordenou Shirla.

Dois huboots armados nos escoltaram para o interior do prédio às pressas. Atrás dos escombros havia uma passagem secreta para um laboratório moderno, pequeno e impecável. Aquele espaço destoava das ruínas do lado de fora.

Um zepta-humano alto, de cabelo cor verde-limão, nos recebeu e se apresentou. Seu nome era Magnum. Ele nos explicou que todo o complexo onde estávamos impedia que os rambots rastreassem nossa localização; como um bloqueio no sinal. Naquele momento, se os rambots quisessem nos procurar, não saberiam onde estávamos. O sinal era bloqueado a duzentos metros antes de chegarmos àquele complexo. Ele também nos informou que precisaria criar um clone de nossos zepta-chips cerebrais e apontá-los em um local de comum visitação do sítio arqueológico, enquanto permanecíamos em Reva, para despistar os rambots.

Magnum clonou o meu zepta-chip e o de Noah em poucos minutos. Brianna nos disse que eles já tinham um clone de seu zepta-chip. Não era a primeira vez que ela visitava Reva.

– Vou agora mesmo sinalizar os zepta-chips clones de vocês em locais de comum visitação na ruína de Brasília – explicou Magnum. – Se alguém perguntar onde vocês estavam, digam que vieram visitar a Catedral de Brasília, local onde ficaram por meia hora e depois voltaram para a cidade e foram andar no bosque central de Avantara. Supostamente, vocês ficarão no bosque até que voltem, de fato, para Avantara. Entendido?

– Não vou me esquecer – tranquilizei-o. – Catedral de Brasília – repeti para não me esquecer do nome. Não fazia nem ideia do que era isso.

Eu pensei que já estivéssemos no laboratório clandestino; aquele lugar onde Magnum clonou nossos zepta-chips. Para minha surpresa, não estávamos nem perto. Aquele laboratório era apenas a recepção e preparação para a entrada em Reva.

Um huboot com feições de monstro nos levou de *aeroeslin* camuflado – que se camuflava com a neve, tornando-se quase invisível – a um edifício distante. Entramos no edifício tétrico com o *aeroeslin* e descemos várias rampas.

O huboot nos deixou em um espaço vazio, indecoroso e muito escuro e foi embora. Olhei para Brianna assustada.

– Relaxa, Lia! Está tudo bem. Sigam-me – disse, nos indicando a direção. E fomos até uma parede suja de tijolos que, para minha surpresa, era mais uma passagem secreta que Brianna abriu, marcando suas digitais em uma viga de ferro antiga usada para sustentar prédios. O local dava acesso a uma saleta bem iluminada e moderna. Lá havia um elevador de última geração que nos levou para, aproximadamente, dois quilômetros abaixo. Quando a porta do elevador se abriu, alcançamos uma grande porta dupla automática robotizada que se abriu.

O espaço era colossal, moderno, com altíssima tecnologia. Ruas, casas, lojas, imagens holográficas informativas; era uma verdadeira cidade escondida embaixo do sítio arqueológico de Brasília.

Um número grande de zeptoides andava distraidamente nas calçadas e veículos distintos flutuavam nas ruas, indo e vindo.

Porém, o que mais me chocou foi ver carnudos provavelmente velhos. Nunca havia visto isso antes. Todo ser humano no mundo trocava de corpo carnudo para corpo zeptoide com dezoito anos. Foi um assombro. Eles eram fortes, gordos, muito feios e intimidadores.

Heikki, o namorado manco e estrábico de Brianna, nos esperava próximo à saída do elevador. Ele era um carnudo velho. Brianna disse-me certa vez que Heikki tinha vinte e quatro anos, mas ela não havia me dito que era um carnudo. Ele veio nos buscar com um veículo flutuante.

Brianna abriu um enorme sorriso e saltitou na direção de Heikki para abraçá-lo.

– Você deveria ter me avisado que viria! Eu te implorei para que nunca contasse a ninguém. Eu confiei em você! – disse Heikki, preocupado. – Faz ideia da encrenca em que me meteu? Serei o responsável se alguma informação vazar lá fora. E com certeza esses dois não fazem ideia do problema em que você os meteu.

– Acha mesmo que te traria encrenca? Trouxe algo interessante para você analisar. E eu confio na Lia. Ela comeu a maçã da árvore do conhecimento. E o androide – se referindo a Noah – está programado para apagar estas memórias assim que sairmos daqui. Então não reclame. A gente não se via há meses. Pensei que fosse ficar feliz em me ver – disse Brianna.

Ela definitivamente não era louca, como eu suspeitava, e guardava muito mais segredos do que eu podia imaginar.

– O assunto é muito mais sério do que você pensa, Brianna. Mas não temos tempo para discussão. Vamos direto para o laboratório. Loui está esperando – disse Heikki.

Entramos no veículo, que partiu em alta velocidade pelas ruas de Reva.

– Como foi que vocês se conheceram? – perguntei para Brianna, que sentara na frente do veículo, ao lado de Heikki. Eu e Noah estávamos sentados atrás. Brianna parecia emburrada com a recepção nada calorosa de Heikki. Resolvi quebrar o silêncio constrangedor.

– Meu tutor era um revolucionário disfarçado – Brianna começou a explicação. – Espião dos revolucionários. Eu pensei que ele traía minha tutora porque, ao invés de entrar em Utopia, sempre saía com alguma desculpa. Então, um dia, eu o segui e o vi entrando em Reva. Shirla me encontrou escondida espiando atrás de uns escombros exatamente quanto eu tentava *telepatizar* com os rambots para dedurar meu tutor, mas eu não consegui me comunicar com eles. O local estava bloqueado para *telepatização*. Shirla me escoltou para Reva e me entregou ao meu tutor. Ele me levou até Loui, que me ofereceu a maçã da árvore do conhecimento, e então comecei a entender algumas coisas. Por exemplo, aprendi um conceito diferente de liberdade e entendi o quão cruel é nosso governo. Prometi que nunca denunciaria os revolucionários, que só queriam ajudar a humanidade, e eles sabiam que eu dizia a verdade. Depois daquele dia, meu tutor me trouxe algumas outras vezes para Reva e, em uma dessas vezes, conheci Heikki. Por isso esse segredo é tão importante para mim. Não quero que aconteça com Heikki ou comigo o que aconteceu com meu tutor, que foi assassinado pelo governo. Os rambots nem tinham certeza se ele era revolucionário, o mataram só pela suspeita.

– Pensei que seu tutor tivesse morrido em um acidente de *aeroeslin* – eu disse.

– É. Os rambots fizeram parecer um acidente de *aeroeslin* – ela explicou. – Bem-vinda ao cruel mundo da verdade!

– Então, tinha alguma coisa, de verdade, na maçã que você me deu? – perguntei com surpresa.

– Humpf! É claro! – exclamou irritada. – A maçã da árvore do conhecimento, como é conhecida, é infectada com um dispositivo receptor de realidade ampliada, abrindo a mente da pessoa que a come para que compreenda novos conceitos. Quem come a maçã da árvore do conhecimento é capaz de receber um novo paradigma com grande resiliência.

Fiquei surpresa em saber que a maçã que Brianna me fez comer não teve um efeito placebo em mim, mas sim, de fato, um efeito real de ruptura doutrinária – doutrina que o governo implantou em nós.

– Sua tutora também é revolucionária? – perguntei a Brianna.

– Minha tutora é a pessoa mais alienada da face da Terra. Não conheço ninguém mais viciada em Utopia e futilidades do que ela. É muito fácil enganar minha tutora, por isso meu tutor escolheu ela para se casar.

Heikki estacionou o veículo em frente a uma entrada que dizia: "Laboratório de Pesquisas Evas". Descemos do veículo e seguimos Heikki sem questionar. Entramos no laboratório, continuamos seguindo por alguns corredores, atravessando portas de passagem restritas, e adentramos uma sala onde uma huboot nos aguardava.

– Vamos fazer o *escaneamento* do chip deste zeptoide – informou a huboot, referindo-se a Noah.

Eu quis questionar antes que levassem Noah, mas Brianna segurou meu braço e seu olhar me deixou mais tranquila.

– Eles só vão ver se tem algo de errado com Noah. Não vão prejudicá-lo. Só querem ajudar – disse Brianna para me acalmar.

Heikki levou Noah para dentro de uma sala e Brianna saiu para visitar alguns amigos em Reva, dizendo que se encontraria comigo mais tarde. Fiquei esperando Noah sozinha na antessala, sentada, tamborilando os dedos, ansiosamente.

A espera pareceu uma eternidade e fiquei preocupada com o horário. Já era para estarmos chegando em casa.

A ESCOLHA DE ZION

Depois de meia hora de espera, uma huboot saiu da sala onde Noah estava sendo examinado.
– Vamos. Vou te levar para falar com Loui, nosso líder – ela disse.
– Como ele está? Digo, tem algum problema com o corpo zeptoide do meu irmão? – perguntei curiosa e preocupada com Noah.
– Loui faz questão de te explicar. O escritório dele fica aqui, logo ao lado. Vamos lá e ele te explica.
Segui a huboot até o escritório do líder dos revolucionários. O escritório estava repleto de telas holográficas acesas na grande mesa central. Loui, o líder de Reva, um zepta-humano de olhos âmbar brilhantes e longo cabelo magenta preso em um rabo de cavalo, sinalizou com a mão uma cadeira para que eu me sentasse.
– Sente-se e fique à vontade, Lia Surya. É um prazer recebê-la em Reva – cumprimentou, educadamente, e também se sentou atrás da mesa que nos separava.
Assim que nos acomodamos nas confortáveis cadeiras brilhantes, a porta se abriu. Era Heikki trazendo Noah.
– Ah, entre Noah! – pediu Loui, cordialmente. – E sente-se ao lado de Lia Surya, por favor.

Heikki esperou Noah se acomodar e saiu fechando a porta.
– Sua amiga Brianna não mentiu quando disse que estava trazendo algo que nos interessaria – disse Loui. – Nada mais precioso para nós que uma raríssima Cibernética e um zepta-eva. É muito mais do que eu jamais poderia esperar.
Eu não sabia nem por onde começar a perguntar.
– Cibernética? – Será que ele estava falando de mim?
– Seu chip nos mostrou o que já suspeitávamos: você é uma Cibernética, Lia Surya. Somente Cibernéticos são capazes de entrar no software de edição de Moonet[11]. Por isso pedimos para que Brianna lhe desse a maçã da árvore do conhecimento. Temos muito interesse em sua ajuda. Só não esperávamos por você tão cedo.

As profissões eram definidas pelo governo, a escolha dependia dos potenciais do DNA de cada um. Em cada corpo zeptoide vinha a definição de qual seria a profissão da consciência que abrigaria.

Zion era meu irmão biológico. Tivemos os mesmos doadores de DNA. E só então me lembrei de que, durante a festa de recepção de zepta-Zion, meu irmão expressou seu orgulho a todos, se gabando de sua futura profissão.

Zion havia recebido o aviso de que seria um cyber-hacker e trabalharia na manutenção e resolução de problemas de Utopia. Já que sou irmã biológica de Zion, já deveria ter suposto que eu também teria uma profissão semelhante à dele.

– É que nunca ouvi este termo: *Cibernética?* – perguntei.
– Os Cibernéticos são bem raros. Só existe um casal, geralmente irmãos, em cada geração. Os últimos Cibernéticos antes de você e seu irmão foram assassinados por se recusarem a

---

[11] *Moonet* é uma inteligência artificial com uma singularidade tecnológica excêntrica, jaz na Cidade de Vidro na Lua. Moonet tem como função essencial manter redes virtuais interligadas por zepta-chips; é um sistema global de comunicação; uma evolução da internet III, desenvolvida e controlada pelo governo, que possibilita o acesso a informações controladas em qualquer lugar do mundo. Uma de suas principais funções é conectar os zepta-humanos em Utopia. Também possui outros recursos, como transferências de dados, além de uma grande variedade de serviços, como comunicação instantânea, compartilhamento de arquivos, redes sociais e uma infinidade de outros temas.

obedecer a alguns caprichos do governo. Você é a Cibernética desta nova geração.

— Como sabe sobre eu e meu irmão? — perguntei.

— Temos alguns espiões revolucionários disfarçados vivendo como zepta-humanos normais na sociedade, infiltrados em diversos setores do governo. Um de nossos espiões procurou no cadastro das CCVs a informação de quem eram os tutores dos Cibernéticos. E, agora, pudemos confirmar essa informação. Quando fizemos o clone do seu chip e do chip de Noah, extraímos de seu chip todas as informações sobre você e as informações sobre Zion estavam no chip de Noah. Tínhamos que nos certificar de que era seguro confiarmos em vocês. E confirmar se você era mesmo uma Cibernética.

Isso já era uma avalanche e tanto de informações para ser assimilada. Sem contar que eu estava me sentindo como se eles tivessem invadido minha privacidade a ponto de saberem mais de mim do que eu mesma. Nem tive tempo para pensar sobre as informações que recebi e Noah começou a perguntar.

— E quanto a mim? O que é um zepta-eva? O que tem de errado comigo?

— Não tem nada de errado com você, Noah — começou Loui. — A geração passada de Cibernéticos desenvolveu uma matéria sutil, semelhante ao ectoplasma, porém com algumas modificações. Deram o nome de *pranama* a essa substância. A intenção deles era desenvolver atributos especiais em androides. Atributos esses que só almas possuem, como a intuição, por exemplo. Eles tinham o propósito de evoluir os androides, torná-los semelhantes a um ser com alma, mas que não tivessem alma. O propósito era desenvolver a singularidade tecnológica. Eles inseriram *pranama* no corpo de uma huboot chamada Eva, então reiniciaram seu software e, quando Eva acordou, depois de vários testes, descobriram que ela tinha alma, porém não era uma alma humana, era uma alma alienígena, de uma dimensão paralela à nossa. Ou seja, o resultado do experimento foi trágico. Não era para Eva ter alma. Eva convenceu os cientistas a ajudar seu povo, que perdeu seu mundo e não tinha onde nascer na fisicalidade.

Os cientistas, curiosos, queriam entender e conhecer mais sobre aquelas almas alienígenas. Atenderam ao pedido de Eva e muitos outros huboots foram sendo secretamente contaminados por *pranama* e reprogramados. Os alienígenas em corpos de huboots não estavam contentes com isso, pois eram tecnologicamente restritos para suportar a singularidade de uma alma e condicionados a realizar trabalhos escravos. Os *evas,* como chamamos tais almas alienígenas, são muito inteligentes e descobriram uma forma de contaminar e reprogramar muitas centenas de zeptoides no mundo, ao mesmo tempo. Tinham a esperança de poder usufruir de corpos zeptoides que possuem uma estrutura física tecnológica superior aos huboots, sem nenhum problema. Fizeram esse trabalho sem os cientistas humanos saberem. Mas, quando perceberam que seriam mortos se o governo descobrisse que alienígenas viviam em corpos zeptoides, passaram a aceitar o comensalismo[12] secreto com os humanos. E quando os cientistas humanos descobriram o que os *evas* haviam feito, já era tarde demais. O estrago já estava feito e era irreversível. Os corpos zeptoides continuariam naturalmente sendo infectados por *pranama,* que agia como um vírus em evolução, transmitido através do alimento. Explicando melhor, se um zepta-eva tivesse contato físico com o alimento que seria ingerido por um zeptoide, esse zeptoide seria contagiado por *pranama*, e o *pranama* atrairia com naturalidade uma alma eva. O problema maior é que as almas alienígenas passaram a dividir o mesmo corpo zeptoide com os humanos, em uma relação de comensalismo. Os alienígenas se beneficiam dessa relação, tendo a oportunidade de evoluir com a experiência humana, porém ficam à mercê da vontade de seu hospedeiro e isso começou a lhes incomodar. Uniram-se aos revolucionários e, juntos, criamos Reva, a cidade dos Revolucionários *evas*. Quando o governo descobriu que alienígenas viviam em comensalismo com humanos em corpos zeptoides, foi uma verdadeira chacina.

---

12 **Comensalismo** é uma das relações entre organismos de espécies diferentes que se caracteriza por ser benéfica para uma espécie, não causando prejuízo à outra.

A Eva original – o primeiro alienígena a nascer em corpo androide em nosso mundo – foi assassinada por rambots. Por isso demos o nome às almas alienígenas de *evas*.

– Isso quer dizer que eu tenho alma – concluiu Noah.

Agora tudo começava a fazer sentido; todo o tabu que existia em torno de zeptoides e huboots não poderem demonstrar personalidade. Lembrei-me de Duna, a huboot empregada que trabalhava em minha casa. Será que Duna tinha alma e foi ela quem contaminou o corpo zeptoide de Zion com *pranama*?

– Você está ajudando os alienígenas a invadir nossos corpos androides? – perguntei. – De que lado você está? Que maluquice é essa?

– Eles precisam de nossa ajuda, Lia, e só eles podem nos ajudar contra o imperador Repta-uno e sua corja de Iluminates – explicou Loui.

– Nós, humanos, e os *evas* estamos lutando juntos contra a Nova Ordem Mundial. Os *evas* são grandes aliados nossos. Eles são muito inteligentes e evoluídos, desenvolveram a maçã da árvore do conhecimento e libertaram diversos humanos da prisão doutrinária imposta pelo governo. A maçã da árvore do conhecimento também ajuda zepta-humanos a se livrarem do vício de Utopia. Os revolucionários zepta-humanos não têm mais nenhuma conexão com Moonet e, consequentemente, são incapazes de entrar em Utopia. A desintoxicação foi muito difícil, mas, depois que foi feita, nos livramos da alienação e despertamos para a verdade. Somos os revolucionários: nossa missão é derrubar a Nova Ordem Mundial e libertar os *evas* e os humanos da escravidão calada em que vivemos – continuou.

– Os olhos dos zepta-evas não brilham como os dos zepta--humanos, o que dificulta sabermos se os corpos zeptoides têm ou não alma *eva*. Se você não tivesse trazido Noah até nós, provavelmente ele seria assassinado pelo governo antes de podermos ajudá-lo. Somos muito gratos por você ter tido o bom senso em não confiar no governo e pedir nossa ajuda. Noah teve sorte de estar na companhia de uma carnuda que comeu a maçã da árvore do conhecimento.

Eu estava confusa, assustada, não sabia em quem confiar e nem o que pensar sobre toda aquela informação absurda.

– E agora? O que vai acontecer comigo? – perguntou Noah.

– Se quiser, pode se juntar a nós, os revolucionários, e se unir pela nossa causa.

– O quê? Não posso voltar para casa sem o Noah – eu disse.

Se ele ficasse em Reva, Zion ficaria sem o seu corpo zeptoide. Sem falar na tamanha encrenca em que eu iria me meter, talvez nem saísse viva. Mas também não podia pedir a Noah que voltasse comigo, fingisse que nada aconteceu e que aceitasse calado viver em uma relação de comensalismo com Zion.

– Já pensei em uma solução caso Noah escolha se juntar a nós – disse Loui.

– Que solução? – perguntei.

– Teríamos que agir rapidamente. Por isso ele precisa fazer essa escolha agora – disse Loui, decidido. – E não se preocupe, Lia, pensamos em tudo: você não será a responsável pelo sumiço de Noah. Mas, antes de tudo, preciso saber qual é a escolha dele.

– E quanto a Zion? Não quero prejudicar ninguém – perguntou Noah.

– Caso você escolha ficar conosco, como Zion é um Cibernético e pode nos ajudar muito, daremos a ele a maçã da árvore do conhecimento. Ele tem o direito de saber a verdade para que possa escolher, de forma consciente, entre receber um novo corpo daqui a seis meses, correndo o risco de viver uma relação de comensalismo com um *eva*, ou se juntar a nós, os revolucionários de Reva.

– Então eu escolho ficar em Reva – decidiu Noah. – Lamento muito, Lia. E sempre serei grato pelo que fez por mim.

O que foi que eu fiz mesmo? Ah é, virei meu mundo certinho de ponta-cabeça! Não conhecia direito meu próprio irmão, então não fazia ideia de qual seria a reação dele diante da verdade sobre os alienígenas dividindo corpos com humanos. E nem qual seria a escolha dele. Mas acreditava que a escolha de Zion seria esperar seis meses e receber um novo corpo. Ele sempre sonhou viver em um corpo zeptoide.

— Certo. Então temos que agir rapidamente – disse Loui. – Lia, você terá que ir para sua casa imediatamente e trazer seu irmão até aqui o mais rápido possível, antes que os rambots suspeitem.

Eu nem tive tempo para assimilar tudo que estava acontecendo e já teria que sair correndo para, talvez, selar o destino do meu irmão.

Heikki nos avisou que Brianna já havia ido embora com o *aeroeslin* que alugamos e me abandonou. Ela provavelmente devolveu o *aeroeslin* na loja de aluguel e foi para sua casa.

Noah permaneceria em Reva, enquanto dois huboots me levariam à minha casa para que eu buscasse Zion.

Os huboots estacionaram o discreto aeroeslin verde musgo na penumbra de uma arborizada rua tranquila próxima à rua da minha casa, assim ninguém notaria nada suspeito. Seria arriscado parar em frente à minha casa.

— Seja o mais rápida possível! – disse um dos huboots.

Saí do aeroeslin e corri até minha casa, sentindo o frio chicoteando meu rosto. Como já era de se prever, meus tutores estavam em Utopia enquanto seus corpos zeptoides deviam estar na cidade.

Assim que entrei pela porta, Tombo olhou para mim com olhos de desconfiança e gemeu feito um bebezinho chorão. Ignorei o olhar do Tombo e segui diretamente para o quarto de Zion. Entrei sem bater. Tinha que agir rapidamente.

— Ei, perdeu a noção do perigo? Nunca ouviu falar que precisa bater antes de entrar? – reclamou Zion, que estava assistindo à holografia de um filme.

— É urgente! Seu corpo... Precisa vir comigo... Agora! – eu disse, arfando as frases com dificuldade. Havia me cansado com a corrida.

Zion levantou-se em um pulo. Tombo entrou no quarto com seus olhos acusativos. Odiava *flófis*!

— O que aconteceu? Cadê meu zepta-Zion? O que você fez, Lia? – ele perguntou, me acusando.

— Só me siga, Zion! É urgente! Não dá tempo para explicar. – Saí em passos apressados, quase correndo, e Zion me seguiu.

Saímos de casa às pressas. Zion pareceu desconfiado, mas continuou me seguindo, acompanhando meu ritmo de corrida. Eu corria na frente e ele me seguia logo atrás.

– Lia! – gritou Zion para que eu parasse de correr, mas não parei. Se eu diminuísse o ritmo, ele iria me exigir uma explicação e eu nem saberia por onde começar a lhe explicar.

Dei uma olhada rápida para trás para me certificar de que Zion ainda me seguia. Ele diminuiu o ritmo, cansado, com cara de bravo, parecia que ia explodir, mas continuou me seguindo um pouco mais atrás.

Assim que alcancei o aeroeslin, olhei para ter certeza de que Zion estava me alcançando, não o esperei e entrei no veículo. Zion alcançou o aeroeslin arfando e vermelho com o esforço da corrida. Só então notei que, na pressa, ele saiu sem luvas e sem casaco.

Deixei a porta aberta para que Zion entrasse e se sentasse ao meu lado. Ele estava tão cansado que entrou e sentou-se sem questionar, tentando recuperar o fôlego antes de começar a me xingar com os piores palavrões do mundo. Pensei até que eu teria sorte se ele não me espancasse.

A cena seguinte foi tão rápida que demorei a entender o que havia acontecido com Zion para ele cair desmaiado no meu colo. O huboot que estava no assento da frente do aeroeslin havia mirado discretamente uma arma de sedativo em Zion e atirado.

– O que você fez? – perguntei, irritada, ao huboot que estava com uma arma de sedativo na mão semelhante às usadas pelos rambots. – Isso é mesmo necessário? – perguntei com tristeza.

– Sim. Ordens de Loui. Temos que clonar o zepta-chip do seu irmão antes de chegarmos à Reva. E não temos tempo para explicações.

Não contestei. Não queria ser eu a explicar para Zion que o corpo zeptoide dele tinha alma alienígena e resolveu se tornar um revolucionário contra o governo. Antes de alguém lhe contar a verdade, Zion precisava comer a maçã da árvore do conhecimento, para ficar receptivo a um novo paradigma.

Nunca vi meu irmão tão vulnerável, desmaiado com a cabeça no meu colo, parecia tão jovem e angelical. Comecei a acariciar seu longo cabelo castanho liso cuja franja escapara do rabo de cavalo com o vento e o esforço da corrida. Ajeitei sua franja atrás de sua orelha e, pela primeira vez, me dei conta de que eu amava meu irmão. Não importava quem ele fosse – pois eu não o conhecia direito; apesar de sempre morarmos na mesma casa, cada um ficava no seu quarto e raramente conversávamos –, não importava se ele gostava ou não de mim, se era ou não um cara legal, eu simplesmente o amava, sem nenhum motivo para amá-lo. E acho que deve ser assim mesmo que o amor funciona, sem razão ou explicação. Eu tinha um laço forte com Zion, de amor.

E o que foi que eu fiz com ele?

ENTERRANDO A ILUSÃO

A ansiedade aumentava a cada minuto enquanto eu esperava Zion sair da sala de Loui com a pior notícia de sua vida. O mundo não é perfeito como nos ensinaram e fizeram acreditar. Nada poderia ser pior que descobrir que tudo que acreditamos ser verdade a vida inteira não passava de uma mentira ardilosamente criada para nos manter em um estado doentio de alienação, com intuito de servir cegamente aos propósitos gananciosos do governo.

Ouvi um grito de desespero do meu irmão. Estremeci por inteira e fechei as mãos com tanta força que chegou a doer. O que foi que eu fiz? Ele iria me odiar pelo resto da vida.

Tudo mudou em um piscar de olhos. Sentia falta da doce ignorância que me fazia feliz. Agora que a ilusão se foi e a verdade entrou sem bater, nada seria como antes. Talvez o destino do meu irmão fosse também o meu: apodrecer em um corpo carnudo até a morte, escondido debaixo da ruína de uma cidade primitiva.

Loui abriu a porta e fez um gesto de mãos para que eu entrasse. Respirei fundo e, a cada passo que eu dava, meu coração batia umas mil vezes. Sentia até as veias das minhas têmporas pulsarem.

Apesar de eu viver toda a vida na mesma casa que meu irmão, nunca tivemos muita intimidade. Não acreditava que a maçã da árvore do conhecimento pudesse ser o suficiente para despertar em Zion um novo paradigma realístico. Logo ele, que sempre almejou com tanto ímpeto viver em um corpo zeptoide. Não sabia qual seria a reação dele diante da verdade sobre os *evas*. Não sabia o que iria encontrar dentro daquele escritório.

Entrei com receio e lá vi meu único e verdadeiro irmão de sangue, sentado cabisbaixo, vermelho, tentando se controlar para não chorar na minha frente. Ele sempre gostou de parecer forte. Mais forte do que era, na verdade.

Dei dois passos receosos em sua direção e meu pé chutou alguma coisa. Olhei para baixo e vi uma suculenta e vermelha maçã mordida rolando para debaixo da mesa de Loui, como um cadáver da ilusão de Zion sendo enterrado na escuridão de um abismo.

– Lamento muito, Zion – eu disse com uma voz que saiu engasgada.

O silêncio dele era pior do que se ele me ofendesse e começasse a jogar objetos possivelmente mortais em mim.

– Você é meu irmão. Eu... eu deveria ter fingido que zepta-Zion é apenas um corpo sem alma... eu...

– Não é culpa sua, Lia! Cala a boca! E não tenho nada para falar com você – ele disse, com sua comum impaciência. – *Noah*! Quero falar com ele – disse olhando para Loui, que estava em pé na soleira da porta. Então, compreendi que Loui já tinha lhe contado que o nome de zepta-Zion mudara para Noah.

– Eu vou chamá-lo – disse Loui, que saiu para chamar Noah, deixando eu e meu irmão a sós, em um silêncio constrangedor. Não deveria ser tão constrangedor um silêncio entre irmãos.

– Você já tomou uma decisão sobre o que vai fazer? – perguntei quase que em um sussurro.

– Não tenho escolha, Lia. Tenho? Entrei neste buraco para nunca mais sair. – Sua tristeza me devastou.

– O quê? Como? É claro que você tem escolha. Você pode solicitar um novo corpo... Só vai atrasar um pouco sua transferência para outro corpo zeptoide.

– E fingir que o mundo é perfeito, que o governo é altruísta e que somos livres, Lia? E como isso é possível agora que sei a verdade? Como vou ter certeza de que o próximo corpo zeptoide que vier para mim nunca irá se contaminar com *pranama*? Eu prefiro ser carnudo pelo resto da vida do que correr o risco de dividir um corpo com um alienígena. Isso é nojento! E depois de tudo que eu descobri... não, não dá pra voltar a ser como era antes. A paz ilusória que existia se foi e nunca mais vai voltar.

Não esperava que Zion fosse escolher ficar em Reva e se juntar aos revolucionários. A maçã da árvore do conhecimento era mais poderosa do que pensei. Era como se a maçã contaminada tivesse estuprado as barreiras da consciência de Zion e tirado dele toda sua inocência.

– Somos irmãos e não vou te abandonar neste *buraco*, Zion. Se você caiu, eu pulo atrás só para não te deixar sozinho. Não vou te abandonar. E vamos encontrar uma saída – tentei consolá-lo, sem me dar conta, de fato, do que estava lhe dizendo.

– Pensei que você fosse mais inteligente, Lia! Não há *saída*. Não sei se você entendeu, mas o mundo que a gente vivia foi por água abaixo e nunca mais vai voltar. Era um mundo de mentira! – disse, balançando a cabeça, resignado. – Assim como eu, você é uma Cibernética e vai ser requisitada para trabalhar em Moonet na Cidade de Vidro. Sabe o que isso significa? Você é muito preciosa, Lia! Uma importante peça nesse jogo político. E ficar comigo em Reva não é uma boa jogada.

Até aquele momento eu não sabia que Zion iria trabalhar em Moonet. Somente a elite de nossa sociedade, as pessoas que vivem no topo da pirâmide Iluminate, têm permissão de viver na Cidade de Vidro na Lua, onde ficava a grande Torre Moonet. Trabalhar em Moonet significaria viver na luxuosa Cidade de Vidro, ter muitos privilégios, poder e riqueza. Era o que todas as pessoas do mundo mais cobiçavam.

– Em Moonet? Na Cidade de Vidro? – Não consegui segurar meu espanto.

– Somos os únicos Cibernéticos de nossa geração. O que esperava? Que fossem desperdiçar nosso poder de modernizar Utopia conforme os parâmetros de ideais de nossa sociedade?

Não somos pessoas comuns, Lia. Somos os únicos no mundo capazes de penetrar o coração de Moonet e editar Utopia. Por séculos, os Cibernéticos serviram ao governo em troca de poder e riqueza, acreditando que viviam em um mundo perfeito e que não tinha como ser melhor do que já era. A maçã da árvore do conhecimento expandiu minha mente para novas possibilidades. Não quero vender minha alma em troca de alguns tostões se temos o poder de controlar o mundo. Somos peças-chave neste joguete político por poder; somos rei e rainha no tabuleiro deste mundo. Até então, os Iluminates vêm vencendo há muito tempo, mas chegou a hora de virarmos o jogo. Por isso estou me aliando aos revolucionários.

Loui e Noah entraram no escritório assim que Zion terminou de falar. Zion olhou para Noah como se o visse pela primeira vez; como se Noah fosse uma pessoa e não mais uma máquina.

– Obrigado por me libertar, Zion. Tenho uma dívida eterna com você. Conte sempre comigo! – disse Noah.

– Não se sinta endividado. Não tenho o menor interesse em dividir um corpo com alguém. E até onde eu entendi, você não teve culpa.

Foi assim que descobri quem era meu irmão. Ele era um homem de alma nobre. Um gênio cibernético rabugento de boa índole. Alguém especial que jamais aceitaria prejudicar um ser inocente por mais alienígena que ele fosse. Alguém que me encheu de orgulho. E então decidi que, por ele, faria o possível e até mesmo o impossível para ajudá-los. Nem que custasse minha própria vida.

– E agora? – perguntei para Loui.

– Seu irmão escolheu nos ajudar. Ficará aqui conosco em Reva. Espero que você também esteja disposta a nos ajudar.

– Claro. Eu estou. Se meu irmão resolveu ficar, eu também fico. – Era exatamente o que eu mais temia, mas faria esse sacrifício para estar ao lado de Zion.

– Você é mais útil lá fora. Uma espiã Cibernética fingindo ser aliada dos Iluminates é a arma mais poderosa que poderíamos ter. Finalmente teremos chance de derrubar a Nova Ordem Mundial. Você ainda é nova, viverá ainda três anos como carnuda.

Até lá, você decide se quer continuar sendo carnuda e viver em nosso refúgio ou ser transferida para um corpo zeptoide e viver na Cidade de Vidro, o que seria muito mais útil para nós. Se tomar muito cuidado, pode ser que seu corpo zeptoide nunca seja contaminado com *pranama*.

Eu aceitei a proposta de ser espiã e ajudar os revolucionários. E fiquei aliviada de não ter que ficar presa em Reva. Ainda tinha tempo para escolher meu destino no futuro.

Loui explicou, então, que os profissionais em estratégias revolucionárias de Reva bolaram um plano que explicaria de forma convincente ao governo a ausência de Zion e de seu corpo zeptoide e que eu seria inocentada na suposta tragédia.

Eu teria que dizer que não sabia de nada sobre o sumiço de Zion e seu corpo zeptoide. A história que eu iria contar é que voltei para casa com zepta-Zion do passeio que fizemos na cidade com Brianna. Chegando em casa, fui direto para o meu quarto e zepta-Zion foi para o quarto do meu irmão. E isso é tudo. Não poderia dizer mais nada.

Os zepta-chips clonados seriam conduzidos para serem rastreados de forma que ele confirmasse o que eu dizia.

Quando os rambots rastreassem Zion e zepta-Zion, seriam levados a acreditar que ambos estavam mortos, perdidos no fundo do misterioso Rio da Fissura – antigo rio chamado Rio Paranoá, que foi represado na construção da pré-histórica cidade de Brasília.

Diz a lenda que o Rio da Fissura surgiu após a queda de uma bomba nuclear no antigo Lago Paranoá durante a Quinta Guerra Mundial. Esse rio possui uma fissura em seu fundo. Uma fissura profunda e misteriosa que, nunca, ninguém, nem com toda tecnologia do mundo, conseguiu descobrir o seu segredo. Tudo que penetra a fissura do rio é sugado e desaparece. É proibido praticar esporte aquático ou entrar no Rio da Fissura, o que acaba instigando a curiosidade dos adolescentes rebeldes que gostam de abusar da sorte.

Quando os rambots investigassem o paradeiro de Zion e de seu corpo zeptoide, teriam como fato que Zion e zepta-Zion caíram no Rio da Fissura e foram sugados pela fissura. Pelo menos esse teria sido o verdadeiro destino que seus zepta-chips clonados tiveram.

Muitas pessoas supostamente já morreram sendo sugadas pela fissura do Rio da Fissura que, apesar de perigoso, era atrativo por não ser congelado. Em plena Era Glacial raramente se encontravam rios não congelados. Agora eu me perguntava se todas aquelas pessoas supostamente mortas no rio teriam mesmo sido sugadas pela fissura ou estariam vivas em Reva, como Zion.

A despedida foi difícil. Sabia que não veria meu irmão tão cedo. Os rambots ficariam de guarda por um bom tempo, ainda mais por eu ser Cibernética. Eu teria que ser muito cautelosa. Não poderia voltar a Reva para visitar meu irmão por um bom tempo.

Tudo tinha que sair conforme o planejado. A minha vida e a de Zion estavam em jogo. Nada poderia dar errado.

Tudo seria muito mais simples se eu e Zion fôssemos carnudos comuns como Brianna.

Huboots revolucionários – possivelmente com alma *eva* – me levaram de volta a Avantara e me deixaram a duas quadras de minha casa, em um local de pouco movimento. Eles me deram sacolas de lojas com roupas novas para eu dizer que estava fazendo compras no centro de Avantara durante esse tempo em que estive, na verdade, em Reva.

Entrei em casa carregando as sacolas de lojas. Parei no hall de entrada da sala de jantar e respirei fundo para encarar meus tutores. Eu nunca menti para eles, não sabia se conseguiria enganá-los.

Tombo apareceu com seus grandes olhos acusatórios. Ele sabia que tinha algo muito errado e me culpava por isso. Seus olhos diziam mais do que mil palavras. Tive vontade de arremessar as sacolas naquela aberração torta com toda força; esganar Tombo antes que Chun-li percebesse que ele estava tentando me acusar.

Chun-li e Stan-ha estavam sentados à mesa de jantar. Entrei na grande sala de refeições com as sacolas na mão, tentando parecer entediada, como sempre.

– Até que enfim! Posso saber onde estava, mocinha? – perguntou Chun-li, levantando-se num pulo. Na verdade, ela sabia onde eu supostamente estava. Ela podia rastrear meu zepta-chip e fazia isso o tempo todo. Mas o sinal que ela recebeu do rastreador era do clone do meu zepta-chip, que mostrou que eu fiz apenas trajetos inocentes de uma adolescente carnuda.

– Compras – eu disse, levantando as sacolas. – Desculpem-me o atraso. Estava precisando de várias peças. – Descobri que tinha um incrível poder de mentir com muita facilidade.

– Pode me dizer que ideia maluca foi essa de Zion ir praticar algum esporte no Rio da Fissura com o zepta-Zion? – perguntou Stan-ha, preocupado. Claro que eles também rastrearam Zion e zepta-Zion.

Chun-li voltou a se sentar e tamborilava os dedos na mesa de forma impaciente. Ela nem havia tocado em sua comida. Tinha os olhos preocupados e perdidos.

– No Rio da Fissura? – perguntei, fingindo o maior espanto inocente. – Não sabia que meu irmão tem neurônios a menos. Quando deixei o zepta-Zion aqui, fui ao meu quarto e saí logo em seguida. Não me encontrei com Zion. Não estou sabendo de nada – larguei as sacolas em um canto e me sentei à mesa.

Imediatamente, Duna apareceu para me servir. Tive que resistir à tentação de olhá-la nos olhos. Será que Duna tinha alma? Será que foi ela quem contaminou zepta-Zion com *pranama*? Tinha que descobrir. Mas não naquele momento. Tinha que me concentrar, fingir naturalidade.

– Acabamos de *telepatizar* com os rambots. Pedi que eles trouxessem Zion e seu novo corpo de volta. Quando chegar, seu irmão estará em uma fria! Provavelmente será punido severamente pelo governo, com toda razão – disse Chun-li.

Tombo estava se esfregando na perna de Chun-li enquanto olhava para mim. Ele estava tentando dizer para Chun-li que a culpa era toda minha e que eu estava mentindo. Mas Chun-li nem percebeu. Ignorou Tombo. Ela estava preocupada demais com Zion para reparar em Tombo.

Jantei mesmo sem fome – o que não era normal, eu estava sempre com fome –, forçando uma cara de adolescente entediada. Antes que eu terminasse de jantar, Stan-ha e Chun-li se retiraram e foram ao escritório.

Então fui direto para meu quarto e, quando entrei, desabei na cama. Nunca me senti tão pesada e cansada. Sentia como se tivesse uma tonelada de peso em minhas costas. Mal conseguia respirar. Finalmente poderia chorar, poderia pôr para fora toda minha dor. Foi assim que caí no sono, com lágrimas nos olhos.

***

Fui acordada com os gritos de Chun-li. Ela estava histérica.

– Acorda! Seu irmão... Não sei nem como te contar. Ah, Lia! Zion foi sugado pelo Rio da Fissura!

Acordei em um pulo, atordoada e confusa.

– ZION! – gritei, assustada. Demorei alguns segundos para me lembrar de que tudo não passava de uma farsa e que Zion estava bem. Assim que meu cérebro começou a funcionar direito, continuei sentindo como se meu irmão realmente tivesse sido sugado por alguma coisa. E a sensação só piorou somada à culpa que eu sentia ao ver as lágrimas de Chun-li.

Abracei Chun-li e chorei como nunca havia chorado antes. Sem fingimento. O grandioso futuro do meu irmão havia morrido. Ele iria apodrecer até a morte em um corpo carnudo. E isso era pior que a morte.

Nada mais seria como antes. Tudo estava mudando. O mundo não era mais seguro como antigamente e eu tinha que ajudar meu irmão. Era tanta coisa que as lágrimas não paravam de sair.

A INVESTIGAÇÃO

Brianna chegou logo pela manhã na minha casa. Ela era a única amiga que eu tinha, a única com quem eu podia contar para desabafar. Minha cúmplice, minha melhor amiga. Amiga a qual subestimei, rindo de suas teorias conspiratórias e histórias que eu, erroneamente, julgava como malucas. Ela estava certa o tempo todo. Brianna nunca foi esquizofrênica. Ela sofria de lucidez. Era muito mais inteligente e esperta do que pensei.

Assim que Brianna entrou pela porta, senti um alívio imenso. Sem Brianna, eu possivelmente enlouqueceria com um segredo tão sufocante. Um ombro amigo, alguém que entendia a minha dor, era tudo que eu precisava.

Trocamos um profundo olhar cúmplice. Nada precisávamos falar uma para outra, nossos olhares diziam tudo. Ela me abraçou com força. Era tudo que eu precisava: sua força.

– Lia, é sua vez de ser interrogada – informou Stan-ha.

Stan-ha e Chun-li já haviam sido interrogados no escritório de nossa casa por rambots. Agora era minha vez e, em seguida, seria a vez de Brianna.

Brianna apertou minha mão em um gesto de apoio e soltou. Segui para o escritório onde rambots me esperavam. Sentia-me um pouco anestesiada com tudo que aconteceu e não estava com medo. Tudo parecia apenas um terrível pesadelo do qual, a qualquer momento, eu iria acordar e tudo voltaria à paz de sempre.

– Por favor, sente-se, senhorita Lia Surya – pediu o rambot que estava em pé na soleira da porta, apontando para uma cadeira dentro do escritório.

Sentei-me e ele se sentou ao meu lado. Mais três rambots estavam em pé e bloquearam a passagem pela porta. Não tinha como eu fugir. Hora de enfrentar o perigo de frente.

O cheiro de desinfetante que exalava das roupas dos rambots me deixou enjoada. Queria que aquilo acabasse o mais rápido possível. Por isso, eu seria o mais breve possível nas respostas para me livrar logo daquela situação. Eu não precisaria mentir sobre meus sentimentos, minha tristeza era real, mas tive que manter o foco em minhas respostas. Então, me concentrei ao máximo.

– Meu nome é tenente Vusho-ran. Lamento muito pela perda de seu irmão. Sei que não é o momento mais apropriado. Por isso, peço desculpa. Mas o quanto antes obtermos informações, melhor para as investigações – disse o tenente sentado ao meu lado.

– Tudo bem – eu estava pronta.

– Tem alguma ideia do motivo que levou seu irmão a querer praticar *stand-up*[13], no perigoso Rio da Fissura, sem avisar seus tutores?

Era de se esperar que ele fizesse essa pergunta. Era ilógico querer praticar qualquer esporte em um rio tão famoso por seu perigo. O Rio da Fissura possuía um histórico imenso de mortes. Alguns adolescentes malucos costumavam praticar *stand-up* no Rio da Fissura, mas meu irmão não pertencia ao grupo dos *adolescentes radicais rebeldes suicidas*. Ele era um *geek* viciado em jogos ultrarrealistas e mal saía de casa.

– Não. Não faz o menor sentido. Meu irmão não curte o lance de adrenalina – eu tinha que ser convincente. Eles sabiam que Zion nunca havia praticado um esporte radical, não tinha como eu negar o que eles já sabiam: o quanto aquela morte soava ilógica.

– Você falou com Zion ontem? – perguntou Vusho-ran.

---

13 **Stand-up** é um esporte onde o atleta pilota telepaticamente uma grande prancha que flutua alguns centímetros acima da água.

Como todos os guardas do governo, Vusho-ran era impecável, vestido totalmente de branco, sem nenhuma sujeirinha. Todos os rambots eram fisicamente idênticos: o mesmo rosto, a mesma altura de dois metros e meio, usavam um capacete branco fundido ao crânio e eram extremamente musculosos. Ele olhava profundamente em meus olhos. Aqueles enormes olhos *rambóticos* analíticos, cor de ouro com uma fenda negra como de crocodilos vorazes, eram intimidadores.

– Sim. Logo que saímos da escola, telepatizei meu irmão e lhe disse que pretendia fazer compras e estava disposta a mostrar a cidade para zepta-Zion. Ele achou uma ótima ideia.

– Mas parece que não foi bem assim. Por que levou zepta-Zion para o sítio arqueológico? – ele perguntou em um tom acusatório.

– Brianna me convenceu a visitar as ruínas antes das compras. É incrível imaginar que naquela ruína tão imensa, maior que Avantara, já viveram carnudos antes do ano dois mil e quinhentos! Fomos lá para tentar imaginar como vivia aquele povo tão carente de tecnologia, morando em prédios sombrios, uns sobre os outros. Um mundo tão povoado de carnudos extremamente gordos... É assustador! E divertido – soltei um sorriso abobado como de uma garota comum da minha idade.

– Não entendi por que quis levar zepta-Zion com você. Podia ter deixado ele aqui na sua casa – disse Vusho-ran, ainda em tom acusatório.

– Nós decidimos levar ele com a gente por causa da lenda de que existem carnudos horrorosos vivendo como primitivos nas ruínas. E se aparecesse algum carnudo monstro querendo nos atacar, eu teria zepta-Zion para nos defender. – Eu sabia perfeitamente que o tenente conhecia a "lenda" dos carnudos que viviam nas ruínas. Alguns adolescentes condenados à morte por terem desrespeitado o governo, quando conseguiam fugir, o que era muito difícil, geralmente se escondiam e viviam no sítio arqueológico de Brasília como primitivos.

– O sítio arqueológico não é um lugar seguro. Nunca mais volte lá! Os edifícios podem desabar a qualquer momento e não existem carnudos monstros. Só volte lá se for com excursão escolar. Entendeu? – ordenou, como uma ameaça.

– Não sabia que era tão perigoso assim – dei de ombro, tentando mostrar ingenuidade.

– Interessante coincidência você e seu irmão, no mesmo dia, sem se comunicarem, resolverem se arriscar em um passeio perigoso e sem sentido. Deve confessar que isso soa um tanto estranho, senhorita Lia.

– Nem tinha me dado conta dessa coincidência! Que incrível! Será que é por sermos irmãos? Deve ser alguma coisa de DNA semelhante. Coisa assim – respondi, ainda com um fingido sorriso triste abobado.

– Depois do passeio na cidade arqueológica, a senhorita trouxe zepta-Zion para sua casa. Não disse a seu irmão que mostraria a cidade a zepta-Zion? – perguntou com ironia.

– Achei que tínhamos demorado muito nas ruínas, resolvi devolver ele para Zion e pretendia deixar para hoje a tarefa de mostrar a cidade para zepta-Zion.

– Falou com seu irmão depois que voltou para sua casa para entregar zepta-Zion? – perguntou Vusho-ran.

– Não. Fui direto para o meu quarto me trocar, as ruínas são fedidas e sujas, queria colocar uma roupa limpa antes de sair para fazer compras. Apenas deixei zepta-Zion dentro de casa, seguro, me troquei e saí. Não cheguei a ver Zion.

– Lembra-se de algum detalhe? Alguma coisa, qualquer coisa que seu irmão tenha lhe dito? Se ele parecia diferente?

– Não notei nada diferente. Falei com ele pessoalmente, pela última vez, na festa da chegada de zepta-Zion. Ele estava muito feliz e me disse que havia sido requisitado para trabalhar em Moonet e viver na Cidade de Vidro e que provavelmente eu também iria, pois temos o mesmo DNA. Foi o dia mais feliz da minha vida! – Quase acreditei na minha própria mentira de tão convincente que parecia. – É tudo o que mais quero: trabalhar para manter a Nova Ordem Mundial e viver na *Cidade de Vidro*[14], na Lua. E meu irmão também estava eufórico para ganhar um

---

14 *Cidade de Vidro* é a única cidade da Lua. Foi construída ao redor da grande torre Moonet. O vidro para a construção da cidade foi feito com areia lunar. Todas as casas e construções da cidade são de vidro e rochas lunares.

corpo zeptoide e ir viver na Cidade de Vidro. Por isso, se me permitir, tenente, posso dar minha hipótese sobre o que aconteceu com meu irmão?

– Estou curioso para saber qual sua hipótese, senhorita Lia Surya.

– Bem, meu irmão jamais arriscaria a própria vida estando prestes a realizar um grande sonho. Ele estava prestes a se tornar alguém muito importante, alguém fundamental para ajudar o governo a manter a paz. Minha hipótese é de que algum rebelde inimigo do governo matou meu irmão! Conhecia sua importância e o matou! E torço muito, tenente, para que vocês encontrem o miserável que fez isso. Quero que o assassino pague caro pela morte do meu irmão! – Bingo! Fiquei tão orgulhosa de mim. Foi perfeito! E nem planejei, saiu naturalmente. Tinha o poder natural para mentir, como se fosse um dom.

– É o que estamos tentando fazer, senhorita. E agradecemos sua ajuda. Caso se lembre de alguma coisa, qualquer detalhe que lhe pareça estranho, procure-me imediatamente. – O tenente se levantou, ajeitou a roupa que já estava ajeitada e impecável, e fez um gesto de mão indicando a porta para que eu saísse.

– Ninguém quer saber a verdade mais do que eu, tenente. Conte sempre comigo! – eu disse, levantando. O tenente se despediu de mim com um aceno de cabeça e pediu que eu chamasse Brianna.

Brianna foi a próxima a ser interrogada. Esperei por ela no meu quarto, ansiosa e com medo de nossas histórias entrarem em conflito.

Depois do que pareceu uma eternidade, Brianna entrou no meu quarto com Tombo no colo. Ela acariciava aquela bola de pelo berrante e dava sorrisinhos como se ele fosse uma gracinha. Nem parecia que ela tinha acabado de ser interrogada pelo assustador rambot Vusho-ran.

– O que está fazendo com essa aberração no colo? – perguntei, irritada. – Pensei que você fosse do tipo *gosto-do-que-é-natural*. – Eu estava irritada por Tombo estar no meu quarto. Ele havia tentado me dedurar o dia todo.

– Sempre! Mas o pobrezinho não tem culpa. E olha os olhinhos dele, tão inocente. Own, é tão fofinho!

– Humpf! – Peguei a bola de pelo berrante dos braços de Brianna, o joguei para fora do quarto e fechei a porta.

– Pobrezinho, Lia! Não conhecia esse seu lado maléfico.

– Só não gosto de *flófis*. Diga-me tudo que você falou para os rambots. Preciso saber se nossas histórias bateram.

No interrogatório, Brianna foi esperta e falou o mínimo possível, apesar de ela adorar falar. Nossas histórias se encaixaram perfeitamente, o que fez os músculos do meu corpo relaxarem.

– E agora, o que você vai fazer? – Brianna me perguntou.

– Vou fingir que sou amiga da Nova Ordem Mundial, ser uma boa garota, respeitar todas as regras e leis, nunca faltar na escola, sorrir o tempo todo e trabalhar como espiã dos revolucionários.

– Ufa! Fiquei cansada só de ouvir. Então você pretende ajudar os *evas*?

– Minha prioridade é ajudar os humanos. Ajudar os *evas* pode ser uma consequência. Você acha que os *evas* são de confiança? – perguntei.

– Independentemente da índole dos *evas*, Lia, não é certo o que os Iluminates estão fazendo com os humanos e exterminando os *evas* sem antes tentar viver em paz com eles. Deveriam tentar ajudá-los. Vida é vida. Independentemente de onde veio, deve ser respeitada. – Brianna fez silêncio e, pela sua feição, sabia que queria me dizer algo e não sabia como.

Brianna tinha razão, como sempre. Os Iluminates da Nova Ordem Mundial eram tudo, menos a imagem de bonzinhos que vendiam.

O Imperador Repta-uno estava escravizando humanos e *evas*. Aos humanos dava Utopia como uma droga alucinógena para deixar todos alegres a ponto de não reclamarem de nada e nunca perceberem que viviam em uma prisão, sem direito a escolhas. Os humanos serviam para manter o poder dos Iluminates. Afinal, não é possível existir uma família real sem seus súditos para lhe servir. Os humanos eram importantes para o governo. Nenhuma tecnologia substituía as múltiplas funcionalidades pertinentes apenas a seres sencientes. Os humanos tinham alma e eram muito pouco inteligentes, ou seja, perfeitos escravos manipuláveis.

Já os *evas* não tinham utilidade para o governo único. Pelo contrário, a inteligência dos *evas* ameaçava o poder dos Iluminates. Então os *evas* estavam sendo exterminados pelo governo. A represália do governo calava os *evas*. Só sobreviviam os *evas* que fingiam não existir.

Dei o tempo de silêncio que Brianna precisava para falar, seja lá o que queria falar, e finalmente ela disse:

– Tenho uma coisa importante para te contar. Nem preciso dizer que é um *segredo-super-secreto*. – Novamente silêncio. – Heikki quer que eu vá morar em Reva com ele. Ele será sempre carnudo, como já deve imaginar... – Outro silêncio. Deixei que ela dissesse o que precisava no seu tempo. – Eu aceitei! – disse finalmente.

– Bri, se você for viver em Reva, também será uma carnuda para sempre. Você tem certeza? E se for só uma paixão passageira? Você só tem dezesseis anos!

– Não é! Não é paixão passageira. E mesmo que fosse... Prefiro viver em Reva como carnuda a ser escrava do Imperador Repta-uno nesse mundinho de mentiras! Sem falar em correr o risco de ter que viver em comensalismo com um alienígena estranho.

Naquele momento, invejei a coragem e a nobreza da alma de Brianna. Minha melhor e única amiga era a estrela mais brilhante que eu já havia visto. Uma linda estrela brilhante presa em um corpo carnudo feio e gordo. Era muito feio ter o peso de Brianna que, com um metro e setenta e dois centímetros de altura, pesava sessenta quilos. Era socialmente inaceitável de tão nojento. Ela tinha gordura no corpo e músculo em excesso, não dava nem para se ter uma noção do formato de seu esqueleto. Não entendia como ela aceitaria viver em um corpo gordo por toda sua passagem na vida. Ela devia amar muito o estrábico carnudo Heikki.

– Nem todo corpo zeptoide é contaminado com *eva*. Você pode tentar evitar o contágio, pode aprender a cozinhar e preparar seu próprio alimento – eu disse.

– Não quero ser uma zepta-humana, quero ser eu mesma como vim ao mundo. Quero envelhecer ao lado de Heikki, ser como ele: verdadeiro. Não quero depender de uma inteligência artificial. Quero desenvolver minha inteligência, sem depender de máquinas para pensar e me lembrar de tudo. Não vou deixar que Utopia sugue minha vida com a ilusória *perfeição*. Não quero perfeição nem Utopia. Quero viver de verdade, mesmo que a verdade seja dura – concluiu Brianna.

– Você vai ser sempre minha amiga, independentemente do corpo que tenha, Bri. – Eu queria contestar, mas ao mesmo tempo, como uma boa amiga, tinha que respeitar a escolha da minha amiga maluquinha. – Vou sentir muito sua falta!

– Não será um adeus para sempre. Sabe disso! – ela disse e me abraçou com o carinho de uma verdadeira amiga.

A PIRÂMIDE COM O OLHO-QUE-TUDO-VÊ

Acordei me sentindo melhor. Mais determinada que nunca. Em menos de um mês, Brianna iria a Reva para nunca mais voltar. Sua suposta morte já estava sendo planejada. Queria passar todo o tempo livre que eu tinha com ela.

Stan-ha e Chun-li já haviam tomado café da manhã e estavam sentados no *pufpaf* da sala de estar, conversando aos cochichos com semblantes de preocupação. Cumprimentei meus tutores e fui para a sala de refeições. Logo apareceu Duna trazendo *creme de mistrum*, o prato preferido de Zion. Eu notei um semblante de tristeza em Duna ao trazer a refeição.

– Zion que pediu para eu fazer – disse Duna e, ao dizer isso, ela parecia tão triste.

– Ele ficaria muito feliz. Obrigada, Duna – agradeci.

Terminei meu café da manhã com um aperto no peito. A cada colherada, lembrava-me de Zion. Tentava imaginar o que ele deveria ter comido de café da manhã em Reva. E como ele ficaria feliz se estivesse aqui, comendo *creme de mistrum*. *Será que em Reva tem creme de mistrum?* –, pensei.

Após o café da manhã, fui procurar Duna. Tinha que descobrir se ela tinha alma. Se tivesse, talvez eu pudesse ajudá-la de alguma forma, agora que eu era uma revolucionária espiã. Poderia levar Duna para viver em Reva. Zion ficaria feliz em ter alguém familiar por perto. Foi Duna quem nos criou desde bebês. Duna estava na cozinha programando a inteligência artificial da casa para que liberasse no ar um leve aroma de lavanda, provavelmente para acalmar nossos corações da falta que Zion causava.

– Duna – não sabia por onde começar. Era um assunto arriscado. Se Duna fosse uma huboot desalmada, então estaria programada para ser fiel aos princípios da Nova Ordem Mundial. Isso significava que poderia me denunciar por qualquer suspeita. – Quero que saiba que pode sempre confiar em mim. Jamais lhe faria nada de mal.

– Obrigada, senhorita Lia – respondeu de maneira robótica.

Eu precisava pensar em uma metáfora. Huboots desalmados não entendiam metáforas, nem indiretas, que eram atributos apenas de um ser senciente. Não me lembrei de nenhuma metáfora existente, então inventei uma.

– Vou te contar uma história bonitinha que li em um livro infantil. É sobre uma borboleta que foi engolida por um sapo – comecei. – As borboletas adoravam voar em um belo jardim que era seu lar. Um dia houve um vento forte e levou para muito longe uma pequena borboletinha chamada Eva. Eva estava perdida em um bosque desconhecido e, então, um gorducho sapo a comeu e Eva teve que viver sufocada dentro da barriga do sapo, presa, sem ter para onde fugir. Ela não podia falar para o sapo que estava viva dentro da barriga dele ou o sapo a mataria, socando a própria barriga. Eva viveu por muito tempo na barriga do sapo até que, um dia, enquanto o sapo dormia, ela conheceu um passarinho de asas quebradas. O passarinho ofereceu ajuda à borboleta Eva, mas, para ser ajudada, a borboleta teria que confiar no passarinho. E Eva ficou com medo de ser traída pelo passarinho.

– O que você faria no lugar da borboleta, Duna? Você confiaria no passarinho? – perguntei.

Ela pensou um tempo antes de responder.

– Minhas decisões são baseadas na segurança e bem-estar dos humanos. Meu programa não diz nada sobre sapos e passarinhos. Não poderia tomar uma decisão nesse caso. Desculpe, senhorita Lia.

Fiquei decepcionada com a resposta de Duna. Talvez minha suspeita estivesse errada.

– Tudo bem – eu disse. Dei as costas e estava saindo da cozinha um pouco decepcionada.

– A senhorita Lia sempre foi bondosa como o passarinho da história – ela disse. Suas últimas palavras saíram como um sussurro. Parei na porta e voltei para bem perto de Duna.

– Sim, Duna. Eu sou exatamente como o passarinho de asas quebradas.

– O que aconteceu com a borboleta? O que foi que ela fez? – quis saber.

– Ela foi corajosa e disse: *"prefiro morrer em pé tentando a viver uma longa vida presa de joelhos"*. Então, ela arriscou e descobriu que o passarinho estava lhe falando a verdade. Foi um final feliz.

Duna não olhou para mim. Estava nitidamente indecisa. Ela não estava agindo como agiria um androide sem alma. Se ela não tivesse alma, ela jamais teria me comparado ao passarinho. Ela entendeu a indireta. Então eu resolvi arriscar e ser mais direta.

– Não precisa ter medo, Duna. Estou do seu lado. Pode confiar em mim – eu disse, quase em um sussurro.

Lentamente, com nítido receio, ela olhou nos meus olhos e eu vi seus olhos úmidos de emoção, vi sua alma, toda sua dor e solidão. Duna tinha alma! Duna era uma *eva*. Foi criada com todo zelo por uma alienígena. Foi Duna quem contaminou zepta-Zion com *pranama*, que acabou por atrair uma alma *eva*.

Senti tanto amor por Duna naquele momento que não me segurei e a abracei. Um abraço silencioso que dizia mais que mil palavras. Ela retribuiu o abraço e também nada disse com palavras. Em seus olhos havia gratidão, admiração e carinho. Depois do longo abraço, eu disse:

– Prometo que vou te ajudar. Eu prometo, Duna! – Eu tinha tantas perguntas para fazer a ela, mas toda cautela era pouca. Meus tutores amavam o governo mais do que qualquer coisa neste mundo. Eram extremamente viciados em Utopia, idolatravam Repta-uno. Não pensariam duas vezes antes de denunciar a mim e a Duna para os rambots.

Estava soltando as mãos de Duna quando Chun-li, seguida de Stan-ha, entrou às pressas na cozinha à minha procura.

– Lia, Lia! Você não vai acreditar! – disse Chun-li com grande alegria e empolgação na voz. – O mais fiel rambot do grande Imperador Repta-uno acabou de *telepatizar* comigo. Ele está vindo te buscar! O Imperador Repta-uno quer te conhecer. Não é incrível? Quer conhecer pessoalmente a única Cibernética de todo o mundo! – completou, com um sorriso afetado.

– Estamos tão orgulhosos de você, Lia! – disse Stan-ha. – Não estrague tudo. Seja o mais cordial possível. Diga ao Imperador o quanto o amamos – alertou. – Nunca alguém conhecido foi à *Ilha Paraíse*[15]. Esse é o maior privilégio que uma pessoa poderia receber.

Um frio de medo percorreu todo meu corpo, deixando meus pelos eriçados. Eu fiquei congelada com a notícia.

– Vamos! – disse Chun-li, puxando-me pelo braço. – Temos que caprichar no seu visual.

Dentro da perspectiva de Chun-li, *caprichar no visual* significava tingir o cabelo de rosa-choque, a cor do momento, e passar uma maquiagem que deixa toda a pele rosa-palha. Sem falar na roupa e nos cílios postiços com miniatura de animais pendurados nas pontas dos cílios.

– Tá! Vou me trocar e ficar o mais apresentável possível para o Imperador, mas no meu estilo! – adverti Chun-li. Não queria enfrentar o Imperador Repta-uno fantasiada de zeptoide. Chun-li me olhou com desapontamento. Mas ela me conhecia o suficiente para não tentar me convencer. Seria uma discussão desnecessária, uma perda de tempo. Ela sabia que, quando eu cismava com uma coisa, não abria mão por nada.

Depois de uma hora com Chun-li me passando mil recomendações de como eu deveria me portar diante do Imperador e tentando me convencer em colocar cílios postiços luminosos,

---

15 *Ilha Paraíse* era conhecida pelo nome "Polinésia Francesa" antes do ano de dois mil e quinhentos; era uma imensa e misteriosa ilha onde viviam os Iluminates, bem como o Imperador Repta-uno. Os Iluminates nunca saíam da ilha, que mantinha sua localização secreta e era camuflada por um escudo eletromagnético.

por fim, diversos rambots chegaram para me buscar e estavam na antessala me esperando.

Antes de sair do meu quarto, *telepatizei* rapidamente com Brianna para lhe contar o que tinha acontecido e me despedir dela. Disse a ela o quanto eu estava feliz em poder conhecer o Imperador. Ela sabia que eu estava mentindo. Os rambots provavelmente ouviam todas as minhas conversas *telepatizadas* depois da suposta morte de Zion.

Duran, o rambot de mais alta confiança do Imperador Repta-uno, disse ao me ver:

– É um grande prazer lhe conhecer, Cibernética! Meu nome é Duran. Está preparada para conhecer o maior paraíso que existe na Terra? – perguntou com um sorriso no rosto. Foi a primeira vez que vi um rambot sorrir.

– Parece ser bem legal. Estou pronta.

Chun-li entregou minha mala a um dos rambots.

Quando foi que ela fez minha mala? E por que uma mala tão grande? –, pensei, assustada.

– Quanto tempo eu ficarei na Ilha Paraíse? – perguntei a Duran.

– Não se preocupe. Terá tempo de conhecer toda a ilha – respondeu como se ficar confinada em uma ilha com um Imperador Iluminate fosse o sonho de toda garota. Podia ser de todas, menos eu.

Até então eu pensava que fosse fazer uma rápida visitinha ao Imperador e voltaria no mesmo dia. Mas, ao ver as malas, meu estômago ficou embrulhado.

Seguimos para o aeroporto de Avantara, onde a nave *Enterprise-IXS* já me aguardava. Eu me senti como uma prisioneira sendo escoltada por rambots até alguma prisão distante.

A última vez que havia voado tinha sido há um ano. Fui para Avalon, em uma excursão da escola, conhecer o principal laboratório de produção de androides do mundo. Eu estava na companhia de Brianna, o que significa que foi divertido e demos muitas risadas. Bem diferente deste voo.

Foi só durante a viagem que descobri que a ilha devia ficar bem distante de Avantara. A localização da ilha era secreta, por questão de segurança.

Voando em uma *Enterprise-IXS*[16] na velocidade de vinte mil e seiscentos quilômetros por hora, chegaríamos à Ilha Paraíse em meia hora. Foi o que Duran me disse depois de quinze minutos de voo. Uma huboot comissária de voo me ofereceu uma bebida e perguntou se eu estava com fome, quatro vezes em quinze minutos. E em todas as vezes eu neguei. Só queria chegar logo. Em um claustrofóbico voo, cercada de rambots, não consegui relaxar durante a eternidade de meia hora. Fechei os olhos e encostei a cabeça na cabeceira do assento para fingir que estava dormindo.

– Estamos chegando! – anunciou Duran. – Acredito que não vai querer perder a vista da Ilha Paraíse daqui de cima, Cibernética.

Abri os olhos e olhei através janela. A beleza da enorme ilha me surpreendeu. A ilha parecia estar dentro de uma redoma translúcida, com um leve efeito luminoso, semelhante ao de uma aurora boreal. Provavelmente era cercada por um escudo eletromagnético de proteção, como o da Cidade de Vidro.

A beleza da ilha era tamanha que me hipnotizou. Não acreditava no que via. A água do mar dentro da redoma era de cor fúcsia. O verde da floresta tropical radiava luz e beleza. A areia era branca e brilhante. Vi cachoeiras magníficas em rochedos colossais cobertos por uma leve neblina. E bem no centro da Ilha erguia-se uma imensa pirâmide de mármore branco com uma escultura de um olho no topo. A pirâmide tinha mais de duzentos metros de altura. Mas o que mais me surpreendeu foi não ver neve na ilha. Nunca havia visto uma floresta verdejante na vida.

– Aquele é o Palácio do Imperador – informou-me Duran, referindo-se à grande pirâmide branca.

Pousamos em um aeroporto escondido na densa selva e seguimos ao Palácio do Imperador com um *aerodeslizador*[17].

Na grande entrada do imenso Palácio piramidal havia incontáveis rambots que mais pareciam estátuas, não se moviam nem piscavam. Fui revistada por um rambot que passou um aparato

---

16 *Enterprise-IXS* é uma aeronave de alta velocidade usada para viagens longas. Decola e pousa verticalmente. Com capacidade para carregar até duzentos passageiros.

17 *Aerodeslizador* é um veículo pequeno, arredondado, para dois passageiros. Como uma moto, desliza a alguns centímetros do solo.

estranho sobre minha roupa. E depois segui Duran, sendo escoltada por mais quatro rambots.

Para que tanta segurança?–, pensei.

O interior do Palácio piramidal era todo revestido de uma pedra branca, lisa e brilhante com detalhes em ouro. O pé alto tinha aproximadamente vinte metros de altura. No teto, havia pinturas estupendas de anjos, demônios e deuses dos primitivos. A luz do Sol entrava pelas imensas janelas com vitrais coloridos que formavam desenhos no piso branco de mármore do Palácio. Figuras de dragões e serpentes aladas irradiavam por todo o piso do Palácio.

Andei por cerca de quinze minutos, pirâmide adentro, passando por vários corredores longos, constatando que eu jamais conseguiria sair daquele Palácio sozinha. O lugar era um verdadeiro labirinto gigantesco. Esse pensamento me deixou um pouco assustada.

Após uma longa caminhada pelo Palácio, entramos em uma imensa sala com um lustre gigante feito com pedras de diamantes.

– Espere aqui. Assim que puder, o Imperador irá vê-la. As huboots estão aqui para lhe servir – disse Duran, referindo-se às duas huboots sem faces, paradas como estátuas no fundo da colossal sala de exagerado luxo. – Peça chá de Ganesh, não vai se arrepender – sugeriu Duran.

– Obrigada! – agradeci com um proposital sorriso de adolescente ingênua e abobada.

Assim que ele saiu, não se esquecendo de deixar três rambots me vigiando, pedi às huboots um chá de Ganesh. Sentei-me e me afundei em um sofá feito com o mais estranho e macio tecido que já senti. Não existia aquele tecido em Avantara.

Fiquei olhando a paisagem pela imensa sacada aberta, sentada no confortável sofá luxuoso. Lá fora o dia estava lindo, o Sol brilhava no céu, via-se o mar bem ao longe e toda a bela vegetação de uma vasta floresta.

Sorri ao ver um tucano comendo uma estranha fruta de uma árvore próxima à grande sacada. Não sabia que existia um lugar tão quente no planeta. Só era possível um clima tropical como aquele por causa do escudo eletromagnético que encapsulava a ilha, provocando um efeito estufa sobre ela. Estávamos em plena Era Glacial e aquela ilha devia ser o único lugar do mundo com clima quente. Então me lembrei de que havia tirado meu casaco na *Enterprise-IXS* e o havia esquecido lá dentro. O que não me preocupou, não iria precisar de casaco naquela ilha.

– Aqui está seu chá, senhorita – a huboot chegou tão silenciosamente que me assustou, me tirando do devaneio.

Por onde saiu o som da voz da huboot se ela não tem boca? –, pensei, tentando entender.

– Ah, obrigada! – peguei a xícara na mão, o aroma era maravilhoso. – É feito de alguma planta local? – perguntei curiosa.

– Não. Vem de fora. É feito de essência de cérebro de elefante. É muito bom para a memória – respondeu a huboot.

Um chá feito de cérebro de elefante estava fumegando em minhas mãos. Elefante. Nunca cheguei tão perto do fruto de uma crueldade tão intensa. Senti minhas mãos pinicarem com o peso da dor de um grande e nobre ser vivo quase em extinção. Um elefante! Que tipo de ser seria capaz de matar um elefante para beber chá de seu cérebro? Como era possível existir tamanha maldade dentro de alguém? Nem um ser desalmado agiria com tamanha frieza. Foi então que me dei conta de que eu não estava em um paraíso tropical, eu estava no ninho dos cruéis Iluminates. E eu era uma presa fácil!

Não podia deixar meu abalo transparecer. Tinha que fingir uma concordância totalmente inexistente em meu coração ou seria devorada em um piscar de olhos.

– Interessante – foi o que respondi com um falso sorriso para a huboot sem face.

Coloquei meu chá da mais pura crueldade na mesa ao lado do sofá e desejei que a xícara se desintegrasse para alguma outra dimensão bem distante e saísse de perto de mim.

Depois de ter em minhas mãos um chá feito de cérebro de elefante, tive a certeza de que a índole do Imperador Repta-uno estava muito longe da nobreza. Suspeitei que ele fosse o oposto da bondade. Talvez ele fosse como uma das pinturas que vi no teto do Palácio, onde um ser chifrudo, vermelho, com olhos de réptil, comia as entranhas de um bebezinho. Talvez seja algo assim que terei de enfrentar em poucos minutos. Minhas mãos começaram a suar frio apesar do calor.

Precisava de ar. Levantei-me e segui para a sacada. Antes que eu a alcançasse, dois rambots bloquearam minha passagem.

– Duran pediu para que a senhorita esperasse aqui dentro – disse um rambot.

Dei meia-volta e me sentei novamente. Desta vez, longe da xícara que carregava o assassinato de um elegante ser vivo quase em extinção. Até onde eu sabia, só existia um cativeiro de elefantes no mundo, na cidade Isthaer, no Continente Dragão, com apenas cinco deles vivos.

Será que agora são quatro elefantes vivos só por causa do chá? –, pensei nauseada.

A imensa porta dupla folheada a ouro se abriu. Era ele, o grande Imperador Repta-uno. Dava para saber que era ele. Então entendi seu nome *Repta-uno*. Ele escolhera um corpo zeptoide único, com feições de réptil, pele esverdeada e escamosa, longa cauda, e usava um traje imperial com extravagantes pedras preciosas. Seus olhos amarelos com pupilas pretas verticalmente longilíneas, negras fendas vorazes exatamente como as de um crocodilo, eram intimidadores. Não tinha cabelo nem pelos e usava uma discreta coroa de ouro na cabeça. O Imperador Repta-uno era o único zeptoide do mundo que podia viver mais de cem anos. Ninguém sabia sua idade ao certo. Mas sabia-se que desde a Quinta Guerra Mundial ele era Imperador. Ou seja, há mais de um milênio.

As insólitas histórias que Brianna me contava sobre o Imperador ser um reptiliano que comia criancinhas vieram à minha cabeça. Isso me deu calafrios na espinha. E pensei: bem, se ele mata elefante para beber a essência do cérebro do animal, poderia perfeitamente matar criancinhas para comê-las.

Levantei-me, engoli o vômito que estava prestes a sair e tentei colocar o melhor sorriso de admiração que pude no rosto. Ele se aproximou de mim como um crocodilo faminto prestes a atacar sua presa. Vi voracidade em seus grandes olhos de crocodilo. Uma voracidade mordaz.

– Minha *press... ciosa* Cibernética! – sua voz saía chiada como o sibilar de uma serpente venenosa. – Seja bem-vinda, minha querida! – E seu bafo exalava um cheiro metálico de sangue.

PRISIONEIRA DO PARAÍSO

O Imperador Repta-uno levou-me até seu escritório particular. E, para aumentar meu pânico, ficamos sozinhos, trancados no escritório. Os rambots ficaram do lado de fora, montando guarda. O escritório de Repta-uno era um local bem peculiar. A mesa e as cadeiras eram estranhamente feitas de madeira escura. Espero que tenham usado madeira de árvores mortas. Seria um absurdo grande demais matar árvores para fazer mobílias. As paredes estavam forradas de prateleiras de madeira escura, contendo livros de papel. Já vi livros de papel em hologramas, mas nunca havia visto um fisicamente. Nem sabia que ainda existiam. Eram tantos livros! Queria poder folhear alguns daqueles preciosos livros de papel dos antigos primitivos. Aprendi que o papel era feito de celulose da madeira. Os primitivos gostavam mesmo de matar seres vivos. Mas eu não estava naquele escritório para apreciar livros milenares.

– São do ano de 2.100, aproximadamente – ele me informou, referindo-se aos livros, ao ver que eu estava estupefata olhando-os. – Sente-se, minha querida – disse, indicando uma

cadeira. Eu obedeci e então ele continuou: – O que sabe sobre os Cibernéticos, Lia Surya? – perguntou.
– Ãhn, pouca coisa. Meu irmão disse que temos facilidade em editar o software de Moonet-Utopia. E que provavelmente iríamos viver na Cidade de Vidro – respondi vagamente.
– Exato. E só existem dois Cibernéticos em cada geração. Mas agora, neste século e por todo ele, só existe uma! Só sobrou você, Lia Surya. Por isso te chamei. Não posso correr o risco de te perder. – Seus penetrantes olhos pareciam me analisar e penetrar os meus mais íntimos pensamentos. – Para que entenda sua importância, devo relembrar um pouco de sua história. Alguns milênios atrás, havia cerca de oito bilhões de humanos vivendo sobre o planeta Terra. O caos em um planeta fragmentado por diversos governos divergentes e religiões foi catastrófico. A Terceira Guerra Mundial, somada a desastres naturais, dizimou mais de um terço da humanidade, sobrando apenas dois bilhões de humanos em um mundo completamente devastado. Com o fim da guerra, meu pai tentou implantar a Nova Ordem Mundial, mas o mundo continuava muito dividido, com muita mágoa e raiva, e a implantação não deu certo. Fanáticos religiosos mataram meu pai e com ele se foi a esperança de um mundo unificado e pacífico, resultando em mais duas guerras mundiais que se seguiram em menos de um século. Ao final da Quinta Guerra Mundial havia, somente, pouco menos de um bilhão de humanos na Terra. Eu sempre acreditei no plano de meu amado pai, em impor a paz na Terra com um governo único que uniria todos como iguais, sem motivos para guerrear uns contra os outros. Foi ao final da Quinta Guerra Mundial que tive finalmente a chance de implantar a Nova Ordem Mundial. As pessoas estavam cansadas de tantas guerras e destruição e aceitaram o novo governo que unificaria todo o mundo. O mundo estava devastado, em ruínas. Criei onze novas cidades ao redor do mundo. Cada cidade teve, de início, aproximadamente dez milhões de habitantes. Misturei as etnias e extingui todas as religiões do mundo, cultos ignorantes que aumentavam as diferenças entre as pessoas. Queria um povo feliz, satisfeito

e que nada lhe faltasse, nada do que reclamar. Os humanos que se rebelaram, negando o acordo de paz do novo governo único, se recusaram a morar nas cidades que eu fundei, ou foram expulsos de lá por desrespeito às leis. Esses humanos rebeldes não sobreviveram sem a proteção que minhas cidades ofereciam. Todos os humanos que viviam fora das cidades por mim fundadas foram mortos por um vírus devastador.

Aquela era exatamente a mesma história que aprendi na cápsula de doutrina da escola. E, depois de comer a maçã da árvore do conhecimento, comecei a questionar a veracidade daquela versão da história contada pelo governo. Suspeitava que não tivesse sido o vírus que dizimou noventa por cento dos humanos, mas, sim, o próprio governo.

– Foi dois séculos após a criação das onze cidades do mundo que conheci os primeiros Cibernéticos, um grupo de hackers formados em engenharia de software na melhor universidade tecnológica que fundei. Eles surgiram com um projeto audacioso de criar Moonet. Eu aceitei investir no projeto deles se em troca eles criassem Utopia para meu povo ser feliz, nunca ter do que reclamar e nunca ter motivos para guerrear. Utopia é o elo da paz no mundo. É o paraíso tão sonhado. Obviamente que eles aceitaram e entraram para a nobreza do meu reino.

– Foram os Cibernéticos que criaram Moonet que, por uma questão de segurança, tem sua base na Lua. E foi Moonet que desenvolveu o projeto dos androides. Desde então, somente Cibernéticos são capazes de entrar no sistema de edição de Moonet para manter o programa do mundo virtual Utopia em funcionamento, pois, para o perfeito funcionamento de Utopia, ajustes são sempre necessários. Vivemos em paz graças aos Cibernéticos.

O Imperador Repta-uno inclinou-se em minha direção e me olhou com olhos semicerrados.

– Por isso, para que o mundo permaneça em paz, tenho que contar com sua confiança e discrição, minha Cibernética do novo século!

– Será um grande prazer servir a uma missão tão sublime – eu disse, me esforçando para parecer sincera, o que foi fácil, já que, aparentemente, possuo um dom natural para mentir, que deve ser devido à minha herança de DNA, o que me torna uma especialista em criar mentiras.

Se fui uma Cibernética em uma vida passada – e isso era bem provável –, posso ter cometido o erro de ter sido ludibriada pelos presentinhos oferecidos pelos Iluminates. Mas chegou a hora de consertar meu erro e devolver lucidez e liberdade aos humanos.

– Ótimo! – foi tudo que ele disse, não parecendo muito convencido. – Estava contando com seu irmão para nos ajudar, mas, como ele não está mais entre nós, terei que contar com sua ajuda mais cedo do que o programado. Você ocupará o cargo de Zion na Cidade de Vidro. Já está inscrita na Faculdade de Tecnologia de Moonet e começará a estudar, muito em breve, em uma cápsula aqui no Palácio. Será um curso preparatório de apenas um ano e então estará pronta para viver na Cidade de Vidro e terminar de cursar a faculdade lá. Antes de sua partida para a Lua, lhe darei um corpo zeptoide. Já pode ir escolhendo a estética que terá seu futuro corpo. Será a primeira garota de quinze anos a ter um corpo zeptoide no mundo – disse Repta-uno com um sorriso.

E desta vez não pude evitar um espanto genuíno de medo. Tentei sorrir, mas meu sorriso provavelmente saiu nitidamente forçado. Eu pensava que teria três anos para escolher se viveria em Reva ou se arriscaria viver em comensalismo com um *eva* na Cidade de Vidro. Mas não teria mais nenhuma chance de escolha. Eu estava presa em uma ilha a milhares de quilômetros de distância de Reva.

– Suspeitamos que o corpo zeptoide de seu irmão tenha sido infectado por um vírus e ele fez com que zepta-Zion provocasse a morte de Zion. Não deixarei que isso aconteça com seu corpo. Vamos nos certificar de que seu corpo não seja infectado por vírus.

Então ele chama os *evas* de vírus. Ou seja, eles iriam se certificar de que meu corpo não tivesse nenhuma alma a mais além da minha.

– Infectado por vírus? – perguntei com a maior inocência, parecendo surpresa.

– Um pequeno problema que estamos tendo com algumas unidades de androides que foram infectadas por vírus, mas já estamos trabalhando para resolver essa questão. Não é problema seu e não deve se preocupar. O problema será resolvido o quanto antes. Fazer Utopia continuar funcionando em grande perfeição é seu trabalho. Concentre-se nisso.

– Estou ansiosa para começar a estudar – disse, sorrindo.

– Ótimo! Ótimo! Você é a joia mais rara que tenho no momento. A chave para manter a paz no mundo.

Traduzindo: eu era a chave para manter em perfeito funcionamento a máquina que mantinha o povo alienado, escravizado, sob o total controle do Imperador que não desejava perder seu poder.

– Não posso te perder, Cibernética! Por isso está aqui. Ficará agora sob minha custódia. Duran estará sempre ao seu lado para te proteger. E também para sua segurança, vamos instalar um zepta-chip rastreador de última geração no seu cérebro, substituindo o antigo. Só assim ninguém poderá te roubar de mim!

Ou seja, eu seria uma prisioneira no paraíso e seria mantida sob o total controle dos Iluminates.

– Todos os huboots estarão dispostos a lhe servir a qualquer momento. E, em breve, a Lua será seu reinado! Onde viverá em grande conforto e privilégios, como uma rainha.

– Não poderia imaginar nada melhor que viver na Cidade de Vidro! – eu disse, com uma alegria falsa convincente. – Porém, eu não me despedi adequadamente de meus tutores. Poderei vê-los antes de partir para a Lua? – Esperava que ele me permitisse voltar a Avantara para que me despedisse de meus tutores e, quem sabe, de lá, conseguisse fugir para Reva.

– É justo que se despeça adequadamente de seus *ex*-tutores. Será marcada uma visita, traremos seus antigos tutores para a ilha, e o quanto antes melhor, para fecharmos logo este capítulo em sua vida. Entenda que agora *eu* sou o seu tutor.

Esqueça seu passado medíocre e foque no brilhante futuro que tem pela frente.

– Claro! Eu entendo. E agradeço muito pela oportunidade que estou tendo. – E minha única esperança de fuga foi por água abaixo.

– Ótimo, minha *presss...ciosa* Cibernética! Se precisar de mais alguma coisa, estarei à disposição para lhe ajudar. Basta pedir para Stigma, a governanta da Ala Noroeste do Palácio, onde você ficará hospedada.

– Obrigada, Imperador – eu disse, me levantando para sair. Queria sair de lá o mais rápido possível. Fiz esforço para não demonstrar a minha ansiedade em me livrar dele.

– Até mais, Cibernética – se despediu, apontando a porta em um gesto que me liberava para sair.

Duran estava do lado de fora me aguardando. Ele me levou até a Ala Noroeste do Palácio e me apresentou para a huboot governanta, Stigma. Pelo menos Stigma tinha rosto e não era tão assustadora como as outras. Seu único problema era a falta de cabelo, era completamente careca, e tinha a pele verde clara que destacava seus olhos âmbar.

– Sua residência será aqui na Ala Noroeste do Palácio. Siga-me, por favor – disse Stigma.

Eu teria que me acostumar com rambots me seguindo para todo canto, pois havia me dado conta de que eles não me deixariam andar sozinha pelo Palácio.

O Palácio piramidal era tão grande que demoraria dias para que eu conhecesse apenas a Ala Noroeste.

Stigma mostrou-me meu luxuoso apartamento, onde me deixou sozinha. Mas não pude deixar de notar que dois rambots iriam ficar de guarda, plantados do lado de fora da porta do apartamento.

Depois de uma noite de sono na enorme cama dossel, sonhando com demônios com cabeça de cobra e anjos ensanguentados, fui acordada por Stigma, que dispôs um banquete de café da manhã na mesa do quarto e abriu a grossa cortina cor vinho para deixar a luz natural entrar no quarto.

Fiz questão de deixar claro para Stigma que não queria chá de Ganesh nem nada que fosse derivado animal. Então ela retirou da mesa uma coisa ou outra, ajeitando tudo novamente para voltar a ficar tudo impecável.

Enquanto me esbaldava no banquete exagerado que daria para servir dez pessoas tranquilamente, Stigma lia para mim uma lista interminável de regras da Ilha Paraíse. *Não pode isso, não pode aquilo.* Não estava prestando muita atenção, tinha certeza de que os milhares de rambots na ilha iriam me vigiar o tempo todo para me impedir de fazer qualquer uma daquelas coisas da lista, como não entrar na Ala Sul do Palácio, local onde vive a família dos ilustres Iluminates. Como se eu quisesse dar de cara com um réptil nojento.

Eu estava degustando meu delicioso chá de hortelã quando ouvi Stigma falar *"Não pode se relacionar com nenhum humano carnudo nativo",* o que chamou a minha atenção.

– Carnudo nativo? – interrompi Stigma. – Existem outros carnudos além de mim na ilha?

– Existe uma tribo primitiva de carnudos nativos da ilha. O Imperador, na sua generosidade infinita, jamais os expulsaria da ilha. Vivemos todos em paz, cada um no seu canto, mas eles são primitivos, portanto perigosos. Por isso não deve se aproximar deles. Não queremos que nossa querida Cibernética se machuque, não é mesmo? – disse ela.

– Não. Claro que não – respondi. Mal sabia ela que me proibir de fazer alguma coisa só instigava ainda mais minha curiosidade.

Depois que Stigma terminou a lista de regras que parecia interminável, ela disse que eu podia conhecer a ilha, ir à praia e nadar, contanto que lhe avisasse antes e levasse comigo três rambots. Eu não via a hora de sair do magnífico Palácio extremamente luxuoso e assustador para curtir algo com menos ostentação e falsidade. A natureza me atraía. Ainda mais uma selva tropical escondida em um planeta congelado.

Mas naquele dia não teve passeio. Duran me levou até a Ala hospitalar do Palácio. Passei por uma cirurgia rápida, porém delicada, onde meu antigo zepta-chip foi retirado e um rastreador de última geração foi colocado em seu lugar. Parecia que o governo também mentira quando dissera que era impossível retirar o zepta-chip do cérebro sem um terrível dano cerebral ou morte.

O novo zepta-chip em meu cérebro funcionava apenas como um rastreador. Eu não poderia mais me conectar com Moonet nem *telepatizar* com ninguém. Fiquei totalmente isolada naquela ilha. Sem conexão nenhuma com o mundo exterior.

Não só meu corpo estava ilhado, mas também a minha mente.

MISTÉRIOS DA ILHA PARAÍSE

Depois da cirurgia, fiquei dois dias internada em repouso e, finalmente, tive alta. No dia seguinte da alta hospitalar, já começariam minhas aulas na Faculdade de Tecnologia Moonet, que seria administrada na sala de projeções da Ala Noroeste do Palácio, onde uma cápsula de estudo foi posta exclusivamente para mim. Iria começar a aprender tudo sobre a Moonet, incluindo o segredo de edição de Utopia.

O médico huboot que me operou me deu alta logo pela manhã. Então, só teria aquela tarde de folga para conhecer a ilha, antes que começassem minhas aulas.

No final da tarde eu receberia a visita de Chun-li e Stan-ha. Ao invés de esperar a visita deles no meu luxuoso apartamento no Palácio piramidal, resolvi conhecer a ilha. Estava ansiosa para ir à praia de Paraíse.

Stigma arranjou novas roupas para mim; roupas frescas para suportar o calor fora do Palácio que era climatizado. Claro que os rambots capangas do Imperador me acompanharam, vigiando cada passo que eu dava.

A ilha era paradisíaca. O clima era úmido e quente como em uma estufa de plantação. E a ilha de fato estava envolvida em uma estufa de campo eletromagnético. Provavelmente, o único local do planeta com clima tropical, como existia na era dos humanos primitivos. Vegetação densa, animais exóticos, rios e cachoeiras. Misteriosas e gigantes montanhas rochosas se erguiam das rasas águas translúcidas do mar.

Na praia, a areia era branca, fofa e morna, e acariciava meus pés em um convite tentador ao relaxamento. O aroma da natureza, somado à morna brisa do mar, tirava de mim um pouco da sensação de impotência que eu vivia por ter que seguir as regras do Império Iluminate e não ter como escapar. Se pudesse, fugiria para Reva.

Em um ano eu estaria na Lua, vivendo na famosa e cobiçada Cidade de Vidro. Seria arrancada da Terra, afastada de toda a exuberante natureza terráquea que tanto me fazia bem. Naquele momento, tudo que eu queria era aproveitar a ilusória sensação de liberdade.

Os rambots me assistiam debaixo da sombra de um coqueiro enquanto eu entrava no mar. A água morna e translúcida do mar foi limpando o suor que meu corpo eliminou no longo trajeto até a praia.

Mergulhei e tudo ficou silencioso. Queria continuar mergulhada na paz e no silêncio, mas minha necessidade por oxigênio não deixou.

Vi golfinhos brancos saltando mais ao fundo, não muito longe. Fui nadando até eles. Os golfinhos iam se afastando conforme me aproximava deles. Eles entraram em uma grande gruta de um rochedo. Continuei seguindo os golfinhos, grata por conseguir sair do foco de visão dos rambots.

Nadei para dentro da gruta e ao final dela me deparei com uma belíssima caverna de paredes brancas salpicadas com pontos luminosos que a deixavam com um exuberante brilho natural. Dentro da caverna, o solo de areia estava seco, fofo e frio. Nem sei em que momento os golfinhos desapareceram, não vi mais eles. A caverna brilhante roubou toda minha atenção, tirou meu foco dos golfinhos.

Saí da água e segui andando caverna adentro, seguindo o barulho de cachoeira que ouvia não muito longe. E descobri que não era uma cachoeira, mas uma bela queda d'água que desaguava de um orifício no teto da caverna rochosa. A água, que caía com graça natural, trazia com ela a luz do Sol, iluminando o local.

Continuei explorando a caverna e encontrei uma escadaria rochosa não muito longe da queda d'água luminosa. Subi a escada, curiosa, tentando imaginar se seriam os nativos primitivos que teriam construído aquela escada.

Quando cheguei ao topo da escada, levei um tremendo susto, topei de frente com um jovem carnudo gordo seminu de corpo moreno dourado e olhos verdes puxados, cabelo curto e negro, nitidamente um carnudo primitivo. Um perigoso nativo! Com o susto, quase caí escada abaixo. O nativo me segurou para eu não cair. Consegui me equilibrar e ele soltou meu braço imediatamente. Seu cheiro era forte, selvagem, fazia coçar meu nariz.

Ele me olhou surpreso. Parecia tão surpreso e assustado quanto eu.

– Você não é um deles. O que faz aqui? – ele perguntou surpreso, com um sotaque que nunca ouvi. Ele não parecia um primitivo perigoso do tipo canibal esfomeado querendo comer minha carne. Só parecia tão assustado quanto eu. Tão jovem quanto eu e muito mais gordo do que eu.

– Meu nome é Lia. Sou Cibernética. Trouxeram-me até aqui – minha resposta saiu truncada, revelando meu espanto.

– Você... você deve ser a salvadora mencionada na profecia! – disse ele, arregalando seus olhos puxados.

– Ãhn? Deve ter me confundido com alguém – respondi.

– A profecia diz que, quando uma jovem virgem do povo esqueleto de uma terra longínqua pisar em Paraíse, é o aviso de que nossa liberdade está próxima.

– Bem, acho que sou o oposto da liberdade. Sou uma Cibernética. Nasci para manter Utopia funcionando. E meu povo é carnudo ou zepta-humano, e não esqueleto.

– Você parece um esqueleto.

– Obrigada. – Aquele foi o melhor elogio que recebi de um garoto.

– E é estranha, provavelmente deve ter vindo de terra distante.

– Morava em Avantara.

– Isso me parece distante.

– Pode-se dizer que sim. Mas eu não sou quem você pensa.

– As profecias nunca falham! E, segundo as profecias, sete dias após a chegada da jovem virgem... Ah! Você não é virgem. É isso que tentou me dizer – concluiu desapontado.

– O quê? Não foi isso que eu tentei dizer. Minha vida sexual não é da sua conta. – É claro que eu era virgem. Que tipo de pessoa iria querer ter relação íntima com uma carnuda medonha?

– Desculpe. Não quero me intrometer na sua vida pessoal, mas é uma informação importante para meu povo. Preciso saber se você é virgem.

– Se eu disser que sou virgem, você vai ficar pensando que eu sou salvadora *sei-lá-do-quê*, e eu não sou.

– É a salvadora do meu povo. Isso significa que em breve cairá fogo do céu e o demônio será expulso de Paraíse para sempre – concluiu com um grande sorriso. Seus olhos verdes brilharam de alegria.

Era incrível como o primitivo conseguia deixar suas palavras com um tom apocalíptico assustador. Já havia estudado sobre religiões, crenças ignorantes de primitivos que viveram antes do ano dois mil e quinhentos. Os humanos primitivos acreditavam em super-heróis poderosos chamados *deuses* e idolatravam livros de papel supostamente proféticos, mas não fazia ideia de que isso ainda pudesse existir em pleno ano 3.338.

– Quando você chegou a Paraíse? – perguntou-me o nativo.

– Faz quatro dias que estou aqui.

– Tenho que avisar Shalém urgente! – disse o primitivo, assustado.

Antes que eu pudesse convencê-lo de que eu não era a jovem virgem libertadora... – bem, quer dizer, eu era jovem, e *virgem*, mas não era do povo esqueleto e não tinha como eu libertar os nativos *sei-lá-do-quê* –, ouvimos a voz de Duran ecoar pela caverna chamando meu nome.

– Tenho que ir – eu disse. – Qual seu nome?

– Amagat. Não conte a ninguém que me viu aqui! – Amagat deu as costas e, em uma agilidade incrível, sumiu caverna adentro.

A voz de Duran estava cada vez mais próxima. Antes que ele subisse a escada, desci correndo. Perto da queda d'água estavam Duran e mais dois rambots.

– Estou aqui. Só estava explorando o local. É tão lindo! – Tentei parecer a mais apalermada possível.

– A regra é clara quando diz que não pode sair de nossa vista – disse Duran com uma voz ameaçadora. Não tive medo. Sabia que ele não podia fazer nada contra mim. Eu era a joia *presss... ciosa* do Imperador.

– Hum... bem, acho que não prestei muita atenção às regras. Desculpem-me. Não queria criar transtorno.

– Vamos! Hora de voltar ao Palácio. Logo receberá a visita de seus antigos tutores.

Duran deu passagem para que eu fosse à frente. Nas margens rochosas da caverna havia três *aerodeslizadores* flutuando sob a água. Tive que empoleirar no mesmo *aerodeslizador* que Duran, atrás dele, tentando me manter o mais afastada possível. E fui levada de volta ao Palácio.

Fui ao meu apartamento tomar banho e me vestir adequadamente para receber a exigente crítica de moda Chun-li e seu marido *não-tô-nem-aí-com-nada* Stan-ha. Queria muito poder ver Brianna e Zion também. Pensei em Reva. Era lá que estavam as pessoas que eu mais amava e com quem me importava no mundo. Talvez eu nunca mais voltasse a ver Zion, Brianna e Noah.

Loui, o líder de Reva, disse que eu seria espiã dos revolucionários, mas não vejo como isso seria possível, já que eu estava presa em Paraíse, incomunicável, e sem poder voltar a Avantara. Acho que não poderia ser mais espiã e ajudar os revolucionários depois que fui enviada a Paraíse.

Assim que me vesti para receber as visitas de Chun-li e Stan-ha, Stigma me levou até um belo jardim interno do Palácio piramidal, uma estufa no topo da pirâmide, climatizado, com um clima perfeito, com elegantes e confortáveis mobílias e uma vastidão de plantas e flores exóticas. Via-se toda a ilha lá de cima. Um lugar perfeito para impressionar visitas.

Segui um caminho de pedras brancas até chegar ao centro do jardim. Meus antigos tutores já estavam me aguardando, se esbanjando em uma linda mesa de guloseimas que foi servida a eles.

Nunca havia visto Stan-ha tão feliz e orgulhoso em me ver, seus olhos brilhavam mais do que nunca. Chun-li estava com o Tombo no colo. Ela usava um vestido rosa luminoso extravagante, seu cabelo estava mais cor de laranja que nunca e seu imenso sorriso no rosto era contagiante, parecia uma criancinha em um parque de diversões. Tombo estava o mesmo de sempre, uma anomalia torta.

Era bom ficar perto de Chun-li quando ela estava de bom humor, o que era algo muito raro. Fiquei feliz em vê-los. Não deu tempo de sentir saudades de ninguém, mas estava feliz em ver pessoas familiares e ter um sentimento ilusório de segurança.

Aceitei o abraço de Stan-ha, mas me recusei a abraçar Chun-li com o Tombo em seu colo. Então, ela o colocou no chão e me abraçou. Eles nunca haviam me abraçado com tanto carinho.

Chun-li fez elogios intermináveis ao luxo e riqueza do Palácio e sobre a beleza singular e extravagante da ilha enquanto Stan-ha ouvia com um semblante orgulhoso. Ah, se eles soubessem que nem tudo é o que parece ser! Eles idolatravam o Imperador com um amor fanático e doentio, ignorando a verdade. Eles eram zepta-humanos velhos, apesar da aparência jovem, viciados em Utopia há tanto tempo que, se eu tentasse convencê-los da verdade, de que Utopia era um vício ruim e sobre a crueldade dos manipuladores Iluminates, eles se voltariam contra mim, me denunciariam e me odiariam eternamente. Eles eram tão fanáticos doentios que eu acreditava que nem a maçã da árvore do conhecimento seria capaz de ajudar a despertar neles uma visão diferente do governo. Então, eu tinha que fingir concordância com todos os elogios que teciam sobre Repta-uno e sua corja de Iluminates.

O bom humor de Chun-li não demorou muito para acabar, ela começou a me criticar pela forma como eu estava vestida. Eu não estava malvestida, só não estava exageradamente enfeitada como ela.

– Agora você é da nobreza! Deveria ter mais respeito com o Imperador e se vestir como uma nobre...

Ela continuou falando, mas eu não estava mais prestando atenção em suas críticas. Então Stan-ha a interrompeu.

– Deveria contar a Lia sobre a novidade em vez de tagarelar futilidades.

Stan-ha sempre fez o papel de trazer Chun-li um pouquinho para a realidade, apesar de ser muito mais viciado em Utopia do que ela.

– Claro! Como pude me esquecer – disse Chun-li, acariciando seus enormes cílios rosa-choque. – Avantara foi novamente escolhida para acolher os próximos futuros Cibernéticos! Eu e Stan-ha estamos na lista dos possíveis tutores de seus descendentes genéticos. Isso não é incrível?! Já pensou se formos sorteados novamente para cuidar de mais um casal de Cibernéticos! – exclamou com uma animação sobre-humana.

Meus descendentes genéticos. Isso significa que, em breve, meus óvulos e os espermas de meu irmão Zion serão fecundados para a criação de um casal de Cibernéticos da próxima geração. Como pôde Chun-li achar que eu iria adorar essa novidade?

– Legal – eu disse para não contrariar a insanidade de Chun-li. – Vou torcer por vocês. Sempre foram ótimos tutores.

– É bom saber que o governo não nos culpa pela morte de Zion – disse Stan-ha friamente, como se a morte de meu irmão não houvesse lhe afetado.

Eu e Zion sempre fomos tratados bem, mas nunca com amor. Fomos tratados como um material de trabalho. Não guardava nenhuma mágoa de meus tutores. Eles eram o que eram, iguais a todos os zepta-humanos do mundo, viciados em Utopia e fanáticos pela Nova Ordem Mundial.

– Tem outra notícia se espalhando por Avantara, mas essa não passa de boatos mentirosos – disse Stan-ha. – Dizem que zepta-Zion foi infectado pelo vírus. Uma mentira! Blasfêmia contra o governo. Um absurdo! O mundo nunca esteve tão seguro e em paz com a Nova Ordem Mundial. Esses rebeldes deveriam estudar um pouco de história para compreender o quanto a Nova Ordem Mundial é importante para que a paz reine no mundo. Para entenderem o quanto somos privilegiados por sermos livres e vivermos em um mundo perfeito.

– Não sei por que se irrita com isso, Stan, meu querido – disse Chun-li. – Sabe que é impossível um vírus sobreviver em um corpo zeptoide. Dizem que quem é infectado tem mudança brusca de personalidade. Rá! Nem são os rebeldes que espalharam essa mentira. Foram pessoas que sofrem de bipolaridade e não aceitam ser psicologicamente instáveis e culpam um suposto vírus que não existe.

Duran e outros rambots que estavam o tempo todo por perto, de olhos e ouvidos ligados, se aproximaram.

– Lamento, senhores. A hora de visita acabou. Cibernética deve se recolher para descansar. Amanhã será um dia puxado para ela. Vou guia-los até o aeroporto – disse Duran.

Chun-li se queixou um pouco, enquanto Stan-ha se despedia de mim. Foi só então que Chun-li notou a falta de Tombo. Ele não estava em parte alguma. Duran apressava os dois enquanto Chun-li se recusava a ir embora sem o Tombo.

Duran pediu para os rambots vasculharem toda a área onde possivelmente poderia estar o Tombo. Eu ajudei. Por fim, após uma hora procurando, o sol começava a se pôr. Duran disse que não podiam mais perder tempo procurando Tombo e que o piloto do *Enterprise-IXS* precisava decolar logo.

Chun-li começou a chorar compulsivamente, mais do que no dia em que, supostamente, Zion morreu. Por fim, ela percebeu que teria que ir embora sem o Tombo; que não poderia ficar no Palácio esperando ele aparecer.

– Lia, só voltarei a ter paz de espírito se me prometer que irá procurar Tombo, e, quando encontrá-lo, cuide bem dele para mim. Mande-me uma mensagem assim que achá-lo – disse Chun-li, com seu rosto de tristeza perfeita extremamente belo molhado de lágrimas. Era de partir o coração.

– Eu prometo! Claro! Não se preocupe. Não gosto de *flófis*, mas não desejo nenhum mal ao Tombo – era *quase* verdade.

– Não esqueça que ele gosta de chá de hortelã levemente adoçado com mel antes de dormir. E deve escovar os pelos dele todos os dias e... – disse Chun-li.

– Tá, entendi. Eu conheço bem a rotina e as manias do Tombo. Eu cresci com ele, lembra? O Imperador é bondoso e tenho certeza de que ele aceitará meu pedido de lhe enviar o Tombo de volta assim que nós o encontrarmos. Tombo só deve ter ido dar uma volta para conhecer o Palácio. Sabe que ele não é bobo e não vai se perder. Vamos encontrá-lo.

– Oh, Lia! – Chun-li me abraçou apertado, grata por eu prometer cuidar bem do Tombo caso ele fosse encontrado. Acho que ela se recusava a considerar o fato de Tombo não ser encontrado. A verdade era que um *flófis perdido na natureza* morreria muito rapidamente. *Flófis* não tinham garras para se proteger, não sabiam caçar e se machucavam facilmente. Tombo era como um bebezinho humano inteligente que engatinhava.

Eu pedi para Duran e todos os rambots e huboots presentes que procurassem por Tombo em cada canto do Palácio, o que tranquilizou um pouco mais Chun-li.

Stan-ha e Chun-li partiram e Stigma me levou para jantar em meu apartamento. Eu estava triste por Chun-li, mas não tão triste por Tombo.

Se Tombo fosse encontrado, enviaria ele de volta, imediatamente, para Chun-li.

CHUVA DE FOGO

Eu estava simplesmente adorando ter aulas com Moonet, minha professora. Às vezes tinha tanta facilidade para entender o complexo sistema matemático de Moonet que chegava a ser um pouco tedioso. Mas Moonet, inteligente como era, percebia meu tédio e me passava desafios instigantes. A verdade é que eu estava cada vez mais me viciando em Moonet.

Estava há dois dias estudando, acordava cedo, tomava meu café da manhã no quarto e ia direto para a sala de projeções me conectar com Moonet. Só saía da cápsula de estudo quando Stigma me chamava para comer ou dormir, pois, se dependesse de mim, ficaria conectada com Moonet dia e noite, sem comer e sem dormir.

No terceiro dia de aula, acordei ansiosa, como sempre, para ir à cápsula de estudo ter aulas com Moonet, mas antes teria que tomar o café da manhã em meu apartamento.

Durante meu desjejum, não pude deixar de notar o dia lindo que estava fazendo lá fora. O céu estava azul, sem nenhuma nuvem; a brisa do mar estava fresca e aromática, convidativa para um passeio na praia. Macaquinhos espreitavam no peitoril da grande janela, curiosos, e provavelmente interessados no farto banquete despojado para mim. Só então me lembrei de Tombo. Ninguém o encontrou. Deveria estar morto uma hora dessas. Pobre Chun-li! Não podia me esquecer de pedir para Duran avisar Chun-li que Tombo ainda não havia sido encontrado.

Um vento fresco entrou pela grande sacada do meu apartamento, fazendo a bela cortina branca e leve dançar como uma bailarina de saias esvoaçantes. Um belo e grande pássaro colorido passou voando no belo céu azul e me dei conta de que talvez eu estivesse me privando de aproveitar a vida real e de enxergar a exuberante natureza viva que estava me chamando para brincar.

Então, naquele dia, disse a Stigma que daria uma volta na ilha pela manhã, para me recompor do cansaço mental do estudo intenso que havia tido nos dois últimos dias. Ela não gostou muito da minha decisão, mas chamou Duran para me acompanhar e elucidou, com veemência, que eu deveria voltar em uma hora. Eu estava animada para dar um mergulho no mar e andar descalça na areia fofa da praia de Paraíse.

Desta vez, Duran ficou me vigiando de perto. Eu queria conhecer a praia oposta à que eu já havia conhecido, mas Duran não deixou. Ele disse que a praia a que eu queria ir era onde ficava o vilarejo dos primitivos perigosos.

Amagat não me pareceu nem um pouco perigoso, parecia mais um primitivo gordo assustado. Os rambots provavelmente mentiam sobre o perigo dos primitivos nativos para me afastar deles. E isso só instigava minha curiosidade. Mas naquele dia seria impossível encontrar e conversar com um nativo com Duran na minha cola.

Fui para a mesma praia que visitei anteriormente, em um ponto um pouco mais distante da entrada da caverna onde encontrei Amagat.

Duran me passou um sermão interminável, reiterando fervorosamente que eu não podia desaparecer de sua vista. Naquele momento, não estava disposta a discutir. Só queria relaxar e curtir aquela praia alucinógena.

Moonet me mostrou que em Utopia as praias são ainda mais belas que as de Paraíse. Mas Paraíse é real e não perde muito para as praias de Utopia.

Dei sorte de os golfinhos virem brincar comigo desta vez. Foi uma manhã incrível!

Ao aproveitar aquela maravilhosa manhã na praia, notei o quanto Moonet podia ser persuasiva e perigosa. Como pude deixar de viver a realidade desta soberana beleza na Terra para ficar mergulhada o dia todo, trancada em uma cápsula, estudando com uma inteligência artificial sobre um mundo ilusório? Decidi naquele momento que não iria mais cair nas armadilhas de Moonet. Seria mais cuidadosa e ponderada com o tempo que passava estudando. Não queria me tornar uma viciada lunática, como Chun-li e Stan-ha.

Se dependesse de mim, eu teria ficado na praia o dia todo até o Sol se pôr no horizonte e a majestosa Lua começar a dar seu show. Mas Duran me obrigou a voltar ao Palácio para estudar. E foi o que fiz, afinal, não tinha escolha. Minha liberdade é ilusória, restrita.

Não via o tempo passar quando estava conectada a Moonet. Nela, é como se o tempo não existisse. Isso porque a conexão que eu estava fazendo com Moonet era uma conexão indireta. Não conseguia nem imaginar como seria me conectar diretamente com ela na Torre Moonet da Cidade de Vidro. Somente Cibernéticos são capazes de realizar uma conexão direta e ela só é possível na Torre Moonet que fica no centro da Cidade de Vidro na Lua. Muitas pessoas já tentaram se conectar diretamente com Moonet, mas morreram antes mesmo de chegar até *Morfeu*, o programa que abre a conexão direta. Não se sabe a razão, mas somente quem possui DNA de um Cibernético consegue passar por Morfeu e se conectar diretamente com o cérebro de Moonet. Talvez eu descobrisse a razão pelas quais apenas Cibernéticos sobrevivem à conexão direta com Moonet quando eu entrasse em seu cérebro pela primeira vez.

Moonet era evasiva quando eu lhe perguntava sobre os Cibernéticos e o motivo de nossa facilidade para entendermos seu sistema. E notei que eu só teria acesso a esse tipo de informação quando estivesse em conexão direta. Então, deixei de perguntar sobre Cibernéticos e outros segredos que ela parecia guardar a sete chaves.

Naquela tarde, eu estava aprendendo a entrar no software de edição de Utopia. A porta para editar Utopia era uma maçã vermelha, lustrosa e suculenta de uma grande macieira que ficava no Jardim do Éden, no centro da cidade de Utopia. Morder a maçã daria acesso ao software de edição de Utopia. Então descobri por que os *evas* escolheram contaminar a fruta maçã com dispositivo receptor de realidade ampliada que tira a venda dos olhos humanos, arrancando bruscamente a pessoa da ilusão, fazendo, assim, uma analogia oposta à maçã coração de Moonet que abre as portas para a ilusão. Os *evas* eram inteligentes e não me surpreendeu cogitar a ideia de que eles tenham pesquisado tudo sobre Moonet, incluindo seu programa de edição de Utopia. A maçã tornou-se então um símbolo, a fruta da ilusão e da verdade; do bem e do mal; o fruto da ambiguidade.

Eu estava me divertindo na cápsula de estudo, aprendendo códigos de acesso até a macieira, quando Stigma me desconectou de Moonet, avisando que já era tarde. Eu queria ficar apenas mais um pouco, estava ficando interessante, mas só depois de estar desconectada percebi o quanto estava cansada e como já era tarde.

Fui me arrastando até meu apartamento. Tomei um banho rápido. Deitei na cama e em menos de um minuto dormi pesado feito uma pedra.

***

Eu estava em um pesadelo com fogo, fumaça, bombas caindo por toda parte e, o que era pior, com Tombo lambendo minha boca com sua língua gosmenta. Só podia ser o pior dos pesadelos! Porém, ao abrir os olhos, eu constatei que aquilo não era pesadelo. Era real!

Tombo estava mesmo lambendo minha boca enquanto uma fumaça escura e possivelmente tóxica começava a invadir meu quarto. Sons ensurdecedores de explosões ao redor faziam tremer o chão e as paredes. O Palácio parecia estar desmoronando.

Dei comando para que a luz se acendesse, mas nada aconteceu. Ouvi gritos de androides e chiados de bombas que caíam do céu. O som das explosões era ensurdecedor.

Tombo pulou no chão e correu para a sacada do meu quarto que estava com a porta arrombada. Com o coração disparado, em um instinto materno de proteção que eu nem sabia que existia em mim, corri para pegar Tombo no colo. Ele estava na sacada olhando para baixo. Peguei Tombo no colo e fiquei paralisada com a chuva de bombas que caíam sobre a Ala Sul do Palácio. Muito fogo, explosões, tremores. O palácio estava sendo atacado! A pirâmide Iluminate estava desmoronando.

Tombo tentou escapar dos meus braços.

– Garota salvadora! Aqui embaixo, pule! – ouvi.

Olhei para baixo da sacada e vi Amagat acompanhado de mais três nativos mais velhos, gordos e medonhos, carregando armas primitivas. Os quatro primitivos seguravam cada um uma ponta de uma rede de pesca, esticando-a, para que eu pulasse na rede. Tombo conseguiu se desvencilhar de meus braços e pulou. Uma queda sem rede, naquela altura, seria fatal até mesmo para um zeptoide.

Uma explosão grande aconteceu muito próxima ao meu aposento. Estilhaços da explosão voaram sobre minha cabeça, e a fumaça preta começou a me sufocar. Não conseguia mais respirar. A porta dupla do meu quarto saiu voando com outra explosão e o meu quarto começou a ser tomado pelo fogo. Não tinha alternativa, pulei na rede de pesca dos primitivos em um instinto de sobrevivência.

Amagat me ajudou a ficar em pé com agilidade e rapidez. Eu tossia tanto que nem conseguia falar. Minha tosse desesperada tentava eliminar a fumaça que estava queimando meu pulmão. Senti uma dor latejante no ouvido, nos olhos e na garganta por causa das explosões. Eu estava atordoada.

Amagat começou a me puxar para dentro da floresta. Consegui falar entre uma tosse e outra:

– O que está acontecendo?
– Não dá tempo para explicar. Temos que correr – disse Amagat me puxando pelo braço.

Corremos entre árvores em chamas, desviando de animais assustados e galhos quebrados. Tombo estava no colo do nativo mais velho de traços monstruosos. Aquele *flófis* torto era mais inteligente do que eu pensava. *O que ele estava fazendo com os nativos? E como ele entrou no meu quarto?* –, pensei.

A ilha era muito grande e já havíamos corrido uns três quilômetros em mata fechada. Minha perna tremia com o cansaço e comecei a tropeçar com muita frequência. As plantas arranhavam minha pele e meus pés descalços sofriam cada vez que tocavam o chão. Ainda ouvia barulhos de explosões.

Olhei para cima: parecia que estava chovendo fogo do céu, exatamente como dizia a apocalíptica profecia dos nativos que Amagat propalou a mim quando nos conhecemos na caverna iluminada. Aquilo parecia mesmo o fim dos tempos.

Eu estava cansada, ficando para trás dos nativos. Amagat parou para me esperar.

– Vamos, salvadora! Estamos quase chegando.

Precisei me apoiar no tronco de uma árvore. Eu estava arfando muito, não aguentava mais correr. Nem sei como consegui correr tanto. Devia ser a adrenalina; instinto de sobrevivência.

– Não... aguento mais... meu coração... vai explodir.

Amagat, sem pedir permissão, me levantou com uma facilidade incrível, como se eu fosse uma pena. Colocou-me em seu ombro e voltou a correr. Se eu não quisesse desesperadamente me salvar de uma morte explosiva horrível, eu teria reclamado, mas naquela situação eu estava grata por Amagat me jogar em seus ombros como um primitivo cuidando de sua fêmea.

Após percorrer aproximadamente mais de um quilômetro no ombro de Amagat, entramos em uma caverna escondida na densa selva. O interior da caverna estava iluminado com lâmpadas de energia solar. A tecnologia de energia solar era tão antiga que nunca poderia imaginar que alguém ainda a usasse.

Amagat me pôs no chão e continuamos andando a passos largos caverna adentro. Os sons das explosões ecoavam mais baixo na caverna, mas eu ainda podia sentir o chão e as paredes da caverna tremerem a cada explosão.

– Já estamos chegando, salvadora – disse o carnudo velho e medonho com Tombo no colo.

– Lia. Meu nome é Lia Surya. Eu sou uma Cibernética, não sou a *salvadora*. Onde é que estamos chegando? – perguntei.

– Estamos entrando em Murian, nossa cidade. A cidade de Murian foi construída dentro das câmaras de um vulcão extinto. Vivemos aqui.

O espaço das câmaras era enorme. O local estava limpo e bem iluminado. No final de um vasto corredor, entramos em um imenso compartimento, onde diversos carnudos gordos primitivos pareciam estar lá à nossa espera. Ao nos verem chegando, seus semblantes assustados iam mudando para semblantes de alívio.

– Calma! Estamos todos bem. Nós conseguimos resgatar nossa salvadora das garras do demônio com ajuda do angelical Algodão ambulante – disse o primitivo que tinha Tombo em seu colo.

O líder dos nativos surgiu entre a multidão, que abria espaço para que ele passasse, com seu cajado branco. Ele era assustador, tinha cabelo branco na cabeça e no rosto e sua pele era toda enrugada. Parecia um monstro aleijado. Tive que me segurar para não sair correndo de medo daquele primitivo monstruoso.

Todos os primitivos eram gordos, alguns mais do que Brianna, tinham os olhos puxados, cabelos negros, pele dourada e um cheiro forte que fazia arder meu nariz.

Uma garota jovem, gorda e alta de longos cabelos negros abraçou Amagat com ternura; havia lágrimas em seus olhos. Ela me olhou com desconfiança, beijou Amagat no rosto enquanto me olhava e, então, se afastou.

Quanto finalizada a recepção, tive finalmente a chance de saber o que estava acontecendo.

– Quem está atacando o Palácio? São vocês? – perguntei.

O monstruoso líder dos primitivos se aproximou para responder minha pergunta. Segurei-me para não demonstrar meu espanto pela sua feiura.

– Eu sou Shalém, líder dos murianos – disse o velho carnudo, estendendo sua mão enrugada e cadavérica em cumprimento.

Com receio e nojo, cumprimentei Shalém em um breve aperto de mão, segurando-me para não vomitar. Ele sorriu e pareceu perceber meu nojo ao tocar um primitivo tão velho, mas não se incomodou com meu desconforto. Meus olhos se encontraram com os dele e, apesar de toda aquela monstruosidade horripilante, encontrei em seu olhar bondade e sabedoria. Fiquei confusa. Uma alma bondosa não combinava com um corpo tão horrível.

Suspeitei que *murianos* tratava-se do nome daquele povo nativo da Ilha Paraíse.

– Lia Surya. Mas pode me chamar de Lia.

– Tudo o que sabemos, Lia, é o que está escrito no livro das profecias. A profecia diz que, assim que a salvadora chegasse em nossas terras, a guerra se iniciaria e os répteis seriam expulsos da ilha. E ao final da guerra estaríamos livres. Não somos nós que estamos atacando o Palácio. Não temos armas que fazem chover fogo no céu. Pensamos que talvez você saiba melhor que nós sobre o ataque. Que talvez conheça os inimigos do demoníaco homem lagarto – disse Shalém.

– *Homem lagarto* é como chamamos o Imperador – explicou Amagat.

Uma menina, de no máximo doze anos de idade, se aproximou com timidez e receio para pegar Tombo, que estava no colo do primitivo medonho que me resgatou do Palácio. Ela tinha olhos meigos, era delicada e parecia tímida, usava roupas esfarrapadas e rasgadas cor de couro sujo, como todos os outros. A garota se voltou para mim e perguntou:

– Salvadora, eu sou Padmé. Posso cuidar do anjo Algodão ambulante para você?

Tombo se esfregava no rosto da menina com carinho. Concluí que *anjo Algodão ambulante* era o nome que os primitivos deram ao Tombo.

– Claro! Cuide dele para mim – eu disse, aliviada.

A garota saiu feliz, abraçando e beijando Tombo como se ele fosse um bebê lindo. Eca!

Então me voltei ao líder para continuarmos nossa conversa.

– Não sei muita coisa – menti. Eu sabia até demais, sabia sobre os *evas*, sobre os revolucionários, mas não sabia se podia confiar nos murianos. – Não sei quem está atacando o Palácio – nisso não menti.

– Certo – disse Shalém.

Pela cara dele, era claro que eu sabia mais do que havia dito.

– Amagat, leve-a até o aposento que lhe preparamos – pediu Shalém. – Seja bem-vinda a Murian, Lia.

– Obrigada. – Eu estava tão assustada que nem questionei sobre esse tal aposento que prepararam para mim. Mas estava decidida a não ficar naquele lugar por muito tempo.

Os murianos começaram a se dispersar. Amagat estava conversando em particular com a primitiva de longos cabelos negros que o beijou. Ela parecia um pouco irritada, me fuzilou com um olhar e saiu brava.

– Acho que a sua namorada não gostou muito de mim – disse a ele assim que se aproximou de mim.

– Inanna não é minha namorada. Venha, vou lhe mostrar alguns pontos importantes da cidade e te levar para descansar.

Andamos até a câmara de entrada da cidade. Amagat pediu para que eu montasse em um pônei marrom selado e foi o que fiz, apesar de considerar uma crueldade sentar nas costas do pobre animal, mas eu estava tão cansada que me sentaria até na cabeça de um inofensivo bebê foca. Amagat começou a puxar o pônei pela rédea e me segurei firme na sela para não cair com o rebolado do animal.

Amagat me mostrou a cidade construída dentro das câmaras do vulcão extinto. Câmaras e mais desmensuradas câmaras. Por elas corriam rios de água quente e cristalina, de onde se erguiam singelas construções: locais de estudo, casas, mercados. Uma cidade completa. Pôneis selados ou puxando carroças eram os veículos de transporte. Murian era tão grande que só conheci uma parte da cidade até chegarmos ao local onde eu ficaria instalada e protegida dos ataques ao Palácio.

Perguntava-me, em todo o trajeto desse passeio, o que seria do mundo após o ataque ao Palácio e se o Imperador, depois de séculos no poder, finalmente teria morrido. Com certeza, o mundo não seria o mesmo depois desse acontecimento.

Minha provisória instalação em Murian parecia uma toca de texugo. Como todas as outras moradias da cidade, não tinha nenhuma privacidade e, para piorar, a entrada era aberta para a rua, não tinha porta. Era um único cômodo, com uma cama e uma cadeira velha. Havia apenas um banheiro para cada doze moradias. Não entendia como os primitivos conseguiam viver em condições tão deploráveis.

– Geralmente dividimos uma moradia com nossa família. Mas, como você é a salvadora, terá este cômodo só para você – disse Amagat, como se fosse um privilégio ficar em um cômodo claustrofóbico e dividir banheiro com mais de trinta pessoas.

– Por que vivem escondidos nestas câmaras? – perguntei.

– Por questão de sobrevivência. Desde que os reptilianos invadiram nossa ilha, mulheres grávidas e bebês começaram a ser sequestrados e nunca mais voltaram. Descobrimos que os reptilianos extraíam o sangue dos bebês e das mulheres grávidas ainda vivas e armazenavam para depois beber durante cerimônias demoníacas. Tentar lutar com os reptilianos seria o extermínio de nossa espécie. Nossas armas não têm nenhuma chance contra a tecnologia deles. O único jeito foi nos escondermos. Isso dificulta os sequestros. As mulheres grávidas e os bebês vivem escondidos em câmaras mais profundas, em locais secretos. Os sequestros diminuíram, mas nunca cessaram. A cada ano, seis ou sete crianças murianas desaparecem.

– Que horror! – exclamei, assustada.

Quando Brianna me contou sobre reptilianos que bebiam sangue de bebês, eu dei risada, me diverti muito, pois era a história mais impossível e absurda do mundo. Porém, mais uma vez, ela estava certa. A maldade dos Iluminates não tinha limite.

– Shalém diz que o sangue é a substância mais poderosa que existe. Sangue carrega *prana* e o sacrifício de criaturas inocentes é oferecido aos demônios em troca de poder. E os reptilianos usam o poder do sangue para ter vida eterna, como vampiros. Antes de os reptilianos chegarem a Paraíse, nós vivíamos nas colinas da ilha, no Vale dos Murianos. E nosso maior sonho sempre foi voltar a ter a liberdade de andar pela nossa ilha sem medo de sermos sequestrados por um maldito reptiliano. Voltar a viver no Vale dos Murianos... – disse Amagat com tristeza nos olhos. – Bom, deixa pra lá! Sou um soldado muriano e tenho muito trabalho hoje. Tente dormir um pouco. O sol ainda vai demorar a nascer.

– Não vou conseguir dormir – eu disse.

– Aqui você está segura. Assim que eu souber de alguma novidade, venho te contar. Tente dormir. Não há nada que você possa fazer.

Não queria ficar sozinha. Queria que Amagat continuasse ali, bem ao meu lado, até que os estrondos abafados do barulho das bombas ecoando pelas paredes das câmaras cessassem. Talvez o palácio todo já estivesse destruído uma hora dessas e o Imperador Repta-uno morto junto com toda sua corja Iluminate. Então Zion e Brianna não precisariam mais se esconder em Reva, eu poderia voltar para Avantara e os murianos estariam livres da crueldade dos Iluminates. Naquele momento, o medo se foi, dando espaço para que a esperança entrasse.

– Espero que a profecia de seu povo esteja certa e que ele se livre da crueldade dos reptilianos. Mas eu não sou a salvadora do seu povo. Não há nada que eu possa fazer para ajudar os murianos – eu disse.

– As profecias nunca erram. Você deve ser alguém especial para ter sido trazida até o Palácio do Imperador e ser protegida com tanto cuidado por ele. Foi muito difícil resgatá-la de lá. Você estava cercada por rambots que tentavam te proteger. Por sorte, seu amigo Algodão estava conosco e nos ajudou a chegar até sua janela, despistando os rambots.

Tombo era mais inteligente do que eu pensava.

– Ele não é meu amigo. É só um *flófis*. O nome dele é Tombo, mas podem chamá-lo como quiserem. Como foi que ele entrou no meu quarto?

– Padmé, a garota que está tomando conta de Algodão, percebeu que ele estava agitado e entendeu que sentia que algo estava prestes a acontecer e que Algodão queria te ajudar. Nós o levamos até o Palácio, ele sentiu seu cheiro e gemeu quando estávamos bem abaixo de sua janela. O soldado Areon mirou na porta da sacada do seu quarto e atirou para arrombá-la. Então, lançamos uma corda na sacada. Amarramos Algodão em uma das pontas da corda e puxamos a outra extremidade, levantando-o até a sacada. A corda não estava apertando o corpo dele, que se soltou rapidamente e foi te chamar.

– Obrigada. Por me resgatar.

– Agradeça ao anjo Algodão ambulante. Se não fosse por ele, você estaria morta.

Duvidava que Tombo quisesse me salvar. Ele queria lamber minha boca, me irritar para não perder o costume.

– Por quanto tempo acha que terei que ficar aqui? – perguntei.

Não conseguia me imaginar passando o dia naquele lugar. Era claustrofóbico, não saberia usar um banheiro primitivo. E não queria nem pensar o tipo de coisas que eles comiam.

– Só poderemos sair na superfície quando tivermos certeza de que não há mais perigo. Não sei por quanto tempo. Desculpe, mas eu realmente preciso ir.

– Tudo bem.

– Volto assim que tiver alguma novidade. – Deu as costas e se foi, me deixando sozinha naquele lugar primitivo e fedido.

Sentei-me na cama e senti o cansaço bater depois que a adrenalina do medo baixou. Tinha que pensar em uma forma de voltar a Avantara, minha cidade, o único lar que eu havia conhecido. Queria voltar para lá. Voltar a ser o que eu era antes. Voltar a reclamar de problemas pequenos, sonhar com o dia em que chegaria meu corpo zeptoide, sonhar com meu primeiro dia em Utopia, rir das teorias conspiratórias de Brianna... Brianna! Talvez ela nem estivesse mais em Avantara uma hora dessas. Deve estar em Reva com meu irmão Zion e meu amigo Noah. É para lá que devo ir! – Reva! – pensei alto.

Deitei e fiquei olhando para o teto cor de areia, ouvindo os poucos passos de pessoas que circulavam na rua, vozes ao longe, sentindo o cheiro forte de primitivos. De uma forma estranha, comecei a me sentir acolhida naquele lugar. Tudo lá era tão naturalmente humano. Brianna iria gostar de conhecer Murian, um lugar cheio de carnudos gordos como ela. Comecei a lembrar-me de Zion e de Brianna e lágrimas brotaram de meus olhos. O cansaço emocional me esgotou e finalmente peguei no sono.

UM NOVO IMPERADOR

Já haviam se passado três dias desde que eu chegara à cidade dos murianos, construída nas imensas câmaras de um vulcão extinto. Começava a sentir saudade da luz do Sol. As murianas eram receptivas e me tratavam com respeito. Eu ofereci ajuda a elas para o tempo passar mais rapidamente. Era um tédio esperar o dia todo por notícias do ataque. Elas me deixaram ajudar a cuidar das crianças pequenas e eu começava a adorar aquele trabalho.

Existia um boato de que o imperador Repta-uno estava morto. Mas era apenas uma hipótese, visto que toda a Ala Sul do Palácio estava completamente destruída. Os guerreiros murianos ainda eram os únicos que saíam de Murian para averiguar os estragos e os perigos e, cada vez que faziam isso, voltavam com uma novidade. Eles acreditavam, cada vez mais, independentemente de quem tivesse atacado o Palácio, que não queriam ferir os nativos ou prejudicar a fauna e a flora da ilha, pois claramente tiveram essa cautela.

A ilha estava dominada por zeptoides. Talvez fossem zepta-evas, mas os murianos não sabiam que existiam zeptoides com alma alienígena. Não se via mais nenhum rambot ou qualquer outro servo conhecido do imperador Repta-uno em toda a ilha. E, quem quer que tivesse se apoderado do cargo de Repta-uno, sabia da existência dos murianos guerreiros rondando o Palácio, mas os deixavam em paz.

Era um alívio saber que eu não era mais prisioneira do Imperador Repta-uno, que Duran não iria mais me vigiar com seus olhos predadores e que Stigma não estaria mais no meu pé para eu seguir as regras impostas pelo governo. Não via a hora de voltar à superfície e arrumar uma forma de voltar para Avantara, rumo a Reva.

O novo zepta-chip que foi implantado no meu cérebro não tinha o aplicativo *telepatizador*. Não tinha como eu *telepatizar* com nenhum conhecido de Avantara e saber o que estava acontecendo no mundo após a morte de Repta-uno.

Amagat fazia parte do exército dos murianos. Eu quase não o via. Ele ficava o dia todo em missão. Quando ele chegava, no fim da tarde, eu aguardava ansiosa para saber as novidades.

Ele me fazia rir com seu jeito primitivo tosco e seu sotaque puxado. Passávamos a noite juntos, rindo. Eu lhe ensinava sobre como minha sociedade funcionava e ele contava sobre a sua.

Era divertido.

Às vezes, Amagat me olhava de um jeito estranho, como se fosse um canibal. Eu não gostava e mandava-o parar de me olhar, o que o deixava triste.

Descobri que, para eles, eu fazia parte do *povo esqueleto*: pessoas de lugares longínquos em corpos humanos magros. E que eles não se consideravam gordos. O que era absurdo. *Eles* eram muito gordos.

Sempre que Amagat chegava, ia direto me procurar para contar as novidades. Então, novamente, eu estava ansiosa esperando que ele chegasse enquanto tentava desembaraçar os pelos de Tombo, pois eu era a única que conseguia fazer aquele trabalho chato naquele lugar.

Tombo ou Algodão, como era conhecido, era muito mimado pelas murianas. Tão mimado que elas ficavam com pena de desembaraçar seus pelos porque ele é um exagerado e geme à toa. Tombo era tratado como um rei em Murian, principalmente por Padmé, uma muriana de treze anos que carregava Tombo no colo para cima e para baixo. E ele adorava isso: todos fazendo sua vontade.

Então, como ele odiava desembaraçar o pelo, esse trabalho sobrava para mim, que não sentia pena da aberração. Tombo gemia e se agitava enquanto eu passava meus dedos entre seus pelos.

– Não sabia que você era uma torturadora de criaturas inofensivas – disse Amagat, com um sorriso no rosto, entrando no meu aposento e me pegando de surpresa. Soltei Tombo no chão, que saiu correndo para bem longe de mim.

– Oi! E então, como foi hoje? – perguntei, ansiosa.

– Boas notícias! – E sentou-se na minha cama, ao meu lado. – Conseguimos nos comunicar com os zeptoides que agora estão no poder. Como já imaginávamos, eles não têm nenhum interesse em nos fazer mal. Muito pelo contrário, querem nos preservar, pois disseram que nós, os murianos, somos os únicos humanos do planeta capazes de nos reproduzir de forma natural; que somos espécie pura de humanos e que não tivemos mudanças genéticas. Disseram que somos a chave para a liberdade completa da humanidade que hoje depende de tecnologias para existir. É por isso que o Imperador Repta-uno nos escondia do resto do mundo e talvez pretendesse continuar nos usando para experimentos ou algo mais, além de se alimentar de nosso sangue, ou já teria nos destruído. Os zeptoides foram muito amistosos. O Imperador Repta-uno está desaparecido. Seu corpo ainda não foi encontrado, mas o bom é que, independentemente de estar morto ou vivo, não tem mais nenhum poder. Ele perdeu seu império. Agora temos um novo Imperador, um zeptoide. Fomos levados até ele. E... ele perguntou se sabíamos de seu paradeiro, Lia. Eles estão te procurando por toda parte.

– A mim? Como ele sabe... Digo, como assim? – perguntei, interrompendo.

– Ele perguntou se havíamos visto uma garota chamada Lia Surya, apontando suas características. Não respondemos. Ele garantiu que queria te ajudar. Mesmo assim, não dissemos nada sobre você. Dissemos que não te vimos e ele pareceu bem desapontado.

– Quem são *eles*? – perguntei.

– Disseram que são *revolucionários*, que você sabe quem eles são, que são seus *amigos*. A escolha deve ser sua, Lia. Shalém foi claro quando orientou todos nós para não interferirmos no seu livre-arbítrio. Mas devemos ser cautelosos, não conhecemos ainda as verdadeiras intenções do novo Imperador.

A minha suspeita estava certa. Foram os revolucionários que tomaram o poder dos Iluminates. Talvez Zion e Brianna estivessem me procurando, pensando que eu estivesse morta.

– Eu preciso falar com o novo Imperador. Os revolucionários são meus amigos. Meu irmão e minha melhor amiga são revolucionários e devem estar preocupados comigo. Talvez eles estejam aqui! – Eu fiquei extremamente animada com aquela possibilidade. – Quero ver o Imperador o quanto antes, Amagat! Preciso ir até eles. – Não me sentia tão feliz há muito tempo.

– Tudo bem – disse Amagat, com semblante preocupado. – Eu te levo até ele amanhã bem cedo. Agora, a noite já caiu e está muito escuro, pois é noite de Lua Minguante.

***

Eu estava tão ansiosa que nem havia dormido direito. Não via a hora de sair da cidade subterrânea dos murianos, Murian, e ver a luz do dia, sentir o cheiro da brisa do mar, ouvir o som dos pássaros. Mas, principalmente, queria ter notícias de Zion e Brianna e, quem sabe, poder ficar com eles.

Por outro lado, estava com um pouco de medo. Afinal, não sabia o que esperar do novo Imperador. Só o que eu sabia é que ele era um revolucionário e que estava me procurando, mas a razão de ele me procurar podia não ter nada a ver com o fato de meu irmão e minha amiga estarem preocupados comigo. Ele podia estar somente querendo meus serviços como Cibernética.

Imersa em meu pensamento, demorei a notar que Amagat estava me olhando, apoiado na soleira da entrada de meu dormitório.

– Tem certeza de que quer ir falar com o novo líder? Pode ser perigoso. O mais prudente seria esperar um pouco mais para investigarmos as intenções desse Imperador zeptoide...

– Tenho certeza! – disse, com convicção, interrompendo Amagat.

A contragosto, incisivo no olhar, Amagat disse:

— Então vamos.

Deixei Tombo e meus pertences improvisados e emprestados de murianas ali e esperava não ter que retornar. Minha esperança era de que o novo Imperador me ajudasse a voltar a Avantara. Como não tinha certeza se ali retornaria, me despedi de alguns murianos antes de partir.

Despedi-me de Padmé, a garota que cuidava de Tombo com amor e mimos como ele nunca teve na vida. Chun-li gostava de exibir Tombo para a sociedade, tê-lo como propriedade, mas não tinha tempo nem paciência para cuidar dele como se fosse um bebê, como faziam os murianos.

— Você pretende voltar para buscar Algodão? — perguntou Padmé, com receio e apreensão no olhar. Abraçava Tombo de forma que parecia estar com medo de que eu o tirasse dela.

Fiquei em um dilema cruel. Levar Tombo para Chun-li ou deixá-lo com os murianos? Ele claramente queria ficar com Padmé. E Chun-li, a esta altura, já devia ter se esquecido dele com a *terapia de compras*, adquirindo coisas que pudessem substituí-lo.

— Não. Ele parece querer ficar com você. Estará mais feliz aqui — respondi, aliviada por finalmente me livrar do Tombo. Nunca mais seria acordada com lambidas pegajosas na boca. Não queria nem pensar como eu explicaria isso para Chun-li.

Os olhos de Padmé se iluminaram com lágrimas de felicidade. Ela me abraçou, espremendo Tombo entre nós. Olhei para ele, que também parecia aliviado e feliz de não ter que ir embora comigo.

Inanna era a única muriana que não simpatizava comigo. Eu percebi, com o tempo, que era por sentir ciúmes de mim com Amagat. Ela me via como uma adversária a ser combatida. O que era ridículo, já que eu e Amagat éramos apenas amigos.

Ela apareceu quando eu me despedia de Padmé. Estava com um sorriso malicioso no olhar e tinha os braços cruzados. Senti que ela tinha esperança de que eu fosse embora e não voltasse nunca mais, assim poderia ter a atenção de Amagat só para ela. Ela não veio se despedir de mim, mas fez questão de dar um beijo na boca de Amagat, me olhando nos olhos. Ele pareceu ficar constrangido e envergonhado. Desvencilhou-se dos braços de Inanna com gentileza, mas sem olhar nos olhos dela; sem ternura.

Inanna era uma abusada! E achava que Amagat merecia uma garota melhor que ela. Não gostava de como ela beijava Amagat, como se ele fosse dela.

Shalém decidiu que também me acompanharia até o Palácio, pois precisava conversar com o Imperador. Afinal, ele era o líder dos murianos e iriam dividir a mesma ilha. Quatro soldados murianos iriam nos escoltar até o Palácio com a intenção de nos proteger.

Meus olhos demoraram um pouco para se adaptar à forte luz do Sol. A viagem foi longa. No dia do atentado, o trajeto não pareceu tão longo.

Fiquei feliz ao ver o lindo dia ensolarado em Paraíse. Respirar ar fresco me fazia muito bem. Andei os três primeiros quilômetros animada, mas o Sol começou a esquentar, então a caminhada se tornou mais difícil. Eu bebi toda a água da garrafa que Amagat me deu e continuava com sede. Estava me arrastando. Não chegava nunca!

– Falta pouco – disse Amagat, ao ver meu cansaço.

Ele e os outros três soldados que nos acompanhavam não pareciam estar nem um pouco cansados, o que me irritava imensamente. Eu estava acabada! Shalém, apesar de velho aleijado, seguia em um ritmo lento e contínuo, estava bem menos cansado do que eu, o que foi humilhante para mim.

Depois de mais um curto tempo, que pareceu uma eternidade, chegamos. Foi triste ver tantas árvores queimadas, destroços por todo lado e grande parte da pirâmide de mármore branco; o Palácio do Imperador destruído. O símbolo do governo Iluminate – a grande pirâmide com um olho no topo – não estava mais lá: fora destruída. Não havia mais o topo da pirâmide, nem o olho-que-tudo-vê. Somente parte das Alas Noroeste e Norte continuava em pé.

– Nossa, o estrago foi grande! – verbalizei meu espanto.

– Estava bem pior. Os zeptoides vêm trabalhando duro na reconstrução do Palácio – disse um dos soldados que, me escoltava com uma arma primitiva. Todos nós sabíamos que, se os zeptoides resolvessem nos matar, as armas primitivas dos soldados murianos não teriam nenhuma chance. Os soldados murianos deviam usar as armas só para se sentirem mais... sei lá! Guerreiros brutamontes?

Assim que nos aproximamos um pouco mais do que sobrou do Palácio, vários zeptoides nos cercaram. Não pareciam hostis e não estavam armados, mas apenas curiosos com a minha presença, que destoava dos murianos. Seus olhos não brilhavam, o que significava que poderiam ser zeptoides sem alma ou o mais provável: zepta-evas.

– Lia Surya? – perguntou um deles um tanto surpreso.

– Sim. Vim falar com o Imperador. Será que é possível? – perguntei.

– Claro! Ele ficará feliz em te ver. Pensávamos que você tivesse morrido no ataque. Vamos, te mostro o caminho – disse o simpático zeptoide. Apenas ele nos acompanhou para dentro do palácio; os demais apenas olhavam. Bem diferente da recepção hostil que recebi dos rambots do Imperador Repta-uno.

Seguimos para a Ala Noroeste, a que foi menos afetada pelos ataques. Eram muitos escombros, não dava nem para ter uma noção do tamanho do estrago. Entramos em uma grande sala comunal e esperamos enquanto o zeptoide foi avisar o Imperador de nossa presença.

Assim que a grande porta dupla se abriu, tive uma verdadeira surpresa.

– Noah! – Primeiramente, fiquei parada, sem nenhuma ação. Não acreditava no que estava vendo. Então me apressei em sua direção para ter certeza de que era mesmo ele. Estava feliz em ver um rosto familiar.

Um rambot que acompanhava Noah me segurou como se eu estivesse prestes a atacá-lo.

– Pode deixar, Phi! Ela não é perigosa – disse Noah. E, então, o rambot me soltou.

– Noah, o que você está fazendo aqui? O que aconteceu? Onde está Zion, Brianna e Loui? Não acredito que você está aqui! Então foram mesmo os revolucionários? – Eu estava tão ansiosa por uma resposta que não conseguia parar de perguntar.

– Sim. Claro que fomos nós! Vamos até outra sala mais iluminada, não me sinto bem neste Palácio sombrio. Temos muito que conversar. Seus amigos podem vir, se quiserem – disse Noah.
– Na verdade, eu vim para falar com o Imperador – informei-o.
– Eu sou o novo Imperador – disse Noah.

Eu demorei algum tempo para absorver aquela informação. Então eu ri, só podia ser piada. Mas Noah continuou me olhando sério e percebi que estava falando a verdade.

– O quê? Como? – Não consegui formular uma pergunta completa, tamanha minha surpresa. Meu cérebro ainda estava tentando assimilar aquela distinta informação: Noah, o alienígena usurpador do corpo zeptoide que fora destinado ao meu irmão, era agora o grande Imperador uno do mundo. Alguma coisa não estava certa.

DESTINO TRAÇADO

Seguimos Noah até uma linda sala de paredes de vidro que exibia a farta floresta tropical do lado de fora. No trajeto até a sala, me mantive em silêncio, tentando colocar os pensamentos em ordem. Eu tinha tantas perguntas que não sabia nem por onde começar.

Entramos na sala: Noah, Amagat, Shalém e eu. Os demais murianos ficaram de guarda do lado de fora a pedido de Shalém. Phi, o rambot segurança de Noah, também se manteve do lado de fora.

Atordoada com a novidade de que Noah era o novo Imperador do mundo, só então me lembrei de que ainda não havia apresentado os murianos para ele. Assim que entramos na sala, fiz questão de apresentá-los.

– Este é Shalém, líder dos murianos – disse para Noah, mostrando-lhe Shalém.

E os dois deram as mãos em cumprimento.

– Estava mesmo querendo falar com o senhor, líder Shalém. Por favor, sente-se – pediu Noah.

– Também estava ansioso por este encontro – disse Shalém com um sorriso simpático no rosto.

– E este é meu amigo Amagat – disse para Noah, apresentando-lhe Amagat.

– É um prazer – disse Noah, apertando a mão de Amagat, que parecia desconfiado e arredio.

– Como foi que os humanos deixaram um *eva* ser o Imperador, Noah? – perguntei enquanto nos acomodávamos em *pufpafs* luminosos.

– *Eva*? O que é isso? – perguntou Shalém, olhando para Noah.

– Os *evas* vieram de outro mundo, de uma outra dimensão e usam corpos zeptoides – respondi. Vendo os olhos de Amagat se arregalarem e Shalém se mexer com desconforto no *pufpaf*, completei: – Eles são do bem. Não querem nos fazer mal.

Mas já não estava tão certa disso. Afinal, era para um humano, talvez Loui, o líder dos revolucionários, ser o novo Imperador, ou qualquer outro zepta-humano, e não o novato zepta-eva recém-associado aos revolucionários.

– Exato. Não queremos fazer nenhum mal aos humanos. Só queremos a liberdade tanto quanto vocês – disse Noah. – Esperamos viver em paz com todas as formas de vida deste planeta, exceto com os reptilianos, já que nosso planeta foi destruído por eles.

– Se bem entendi, nosso novo Imperador é um extraterrestre? – perguntou Shalém retoricamente. – Hum... interessante! – comentou, desconfiado.

– Vocês sempre tiveram um extraterrestre como Imperador – Noah tentou se defender. – Repta-uno não era um zepta-humano, ele era um zepta-reptiliano, da sociedade dos Iluminates, da constelação de Órion, dos planetas Dracônicos. São os maiores inimigos do meu povo e do seu.

– Explique melhor – pediu Shalém, educadamente. – Conte-nos sua história.

– No passado, em uma dimensão paralela, os Iluminates fizeram com meu povo o mesmo que estavam fazendo com vocês, humanos: controlavam-nos com a tecnologia, nos aprisionaram e tiraram de nós a naturalidade de um ser vivo, nos desconectando da natureza de nosso planeta. No final, não tínhamos mais corpos naturais, estávamos totalmente dependentes da tecnologia, completamente escravizados.

E continuou:

– No começo éramos como vocês: nossas almas só nasciam em corpos naturais, tínhamos que viver até a maturidade em um corpo natural para só então ter a consciência transferida para um corpo tecnológico. Porém, após milênios, nossas almas foram sendo afetadas com a dependência em tecnologia, cada vez mais dependentes, até chegar ao ponto de que nossas almas não tinham mais nenhuma similaridade com o corpo natural e a tecnologia as atraía como um ímã, exatamente como nascemos em corpos zeptoides, onde basta o corpo ter *pranama* e outras funcionalidades para sermos atraídos naturalmente para ele.

Completando seu raciocínio, disse:

– Acontece que uma alma só evolui em suas múltiplas funcionalidades estando em um corpo físico natural. A escravidão tecnológica nos privou de evoluir, e nada pior para uma alma do que a estagnação. Meu povo estava desesperado com a estagnação, então uma grande guerra teve início no meu sistema solar e nosso planeta ficou gravemente afetado, tornando-se incapaz de manter vida em sua superfície.

Nesse momento, o interrompi:

– E quando foi que você se lembrou de tudo isso? – Quando eu conheci Noah, ele nem sabia que tinha alma. Estranhei ouvir ele contando a história de seu povo como se lembrasse de tudo. Eu estava ficando muito desconfiada.

– Através de um processo simples de desbloqueio de memória ao qual tive de me submeter em Reva – respondeu.

E prosseguiu o relato da história de seu povo:

– As armas usadas pelos reptilianos eram tão poderosas que houve uma ruptura no espaço-tempo do meu universo. Nossas almas foram atraídas pelo magnetismo do planeta Terra por compatibilidade vibracional. E depois de quase um milênio vivendo com almas humanas em cidades espirituais, com a ajuda de espíritos humanos, conseguimos inspirar Cibernéticos a realizar experimentos com *pranama,* a substância que fixa a alma de um *eva* em um corpo. Os espíritos humanos evoluídos, que vivem em cidades espirituais, entenderam nosso desespero em voltar a evoluir, por isso se empenharam ao máximo em nos ajudar. Os primeiros testes foram realizados em corpos de huboots. Mas os huboots eram simplórios demais para acoplar de forma adequada uma alma *eva*. E um *eva* não conseguia evoluir em um corpo tecnológico tão tosco. Não funcionou.

E ele não parou por aí:

– Então meu povo fez um estudo e constatou-se que um *eva* poderia viver em comensalismo e se alimentar das experiências espirituais do humano. Foi a única forma que encontramos de evoluir em seu planeta. Porém, na relação de comensalismo com um humano, uma alma *eva* fica proibida de se expressar, o que imagino ser muito desagradável: ter de viver à mercê das vontades e decisões de outra pessoa bem menos inteligente. Mas só assim poderíamos nos alimentar das experiências humanas e evoluir. Contudo, após conhecermos melhor os humanos, sua ética e moral, entendemos que não era correto, na visão de um humano, um *eva* viver em comensalismo com humanos sem sua permissão. Uma reunião foi realizada com *evas* e humanos e ficou decidido que a relação de comensalismo teria um fim.

Noah continuou:

– Não somos como os reptilianos, que acreditam ter o direito de dominar e controlar os multiversos, escravizando os mais fracos e se apoderando de todos os planetas. Queremos ser justos e respeitar os humanos, por isso decidimos seguir a moral humana. Essa guerra ainda não acabou. Agora meu povo se uniu aos humanos e demos um golpe de sorte, mas precisamos ficar alertas, os reptilianos Iluminates vão querer o domínio do planeta de volta.

Nesse momento, Amagat se irritou:

– Essa guerra não é nossa, é sua! Os murianos nunca fizeram acordo com extraterrestres. E não venha com essa de comensalismo. Vocês são uns parasitas!

Noah lhe respondeu de forma resoluta:

– Essa guerra é mais sua do que pensa, muriano. Ela vai definir o destino do seu povo, o destino da humanidade. Pode ter certeza de que não vai querer o mesmo destino que meu povo teve. Vocês têm sorte de estarmos aqui para ajudá-los.

– Humpf! – Amagat estava cada vez mais irritado com Noah. Parecia não acreditar nele.

– Como podemos ter certeza de que, depois de nos ajudar, seu povo de outro mundo não irá fazer conosco o mesmo que Repta-uno fazia? – perguntou Shalém, com uma serenidade sobre-humana no olhar. – Como ter certeza de que vocês não estão nos usando, nós, humanos, como aliados para depois nos, descartarem?

Noah não se fez de rogado.

– É justamente por isso que eu estava ansioso para encontrar Lia – respondeu ele. – Não quero que haja dúvidas com relação às nossas intenções. E se me permitem... bem, o assunto é um pouco delicado, preciso tratar de negócios com Lia, a sós, por um momento – pediu.

Amagat respondeu ainda um pouco irritado:

– Não vamos deixar Lia a sós com alguém que não confiamos – disse ele. – Lia é apenas uma garota subnutrida. Que tipo de *negócios* vai querer tratar com ela, a *sós*? Não faz sentido.

Não fazia nem ideia da razão de Amagat me chamar de *garota subnutrida* se ele nem conhecia meu histórico médico. Talvez fosse só um elogio muriano meio estranho. Então, não disse nada.

– Lia é uma Cibernética e só ela pode deter os reptilianos – respondeu Noah, calmamente, mas longe da serenidade de Shalém. – E meu assunto com Lia é particular no momento.

– Está tudo bem, Amagat! – eu disse. Estava curiosa e não tinha nem um pouco de receio em ficar a sós com ele. – Eu confio em Noah. Podem nos deixar a sós, por favor? – pedi.

– Claro. Estaremos por perto. Se precisar, é só chamar – disse Shalém.

Vendo que Amagat estava tenso, desconfiado e não se movia para se levantar e sair, Shalém o chamou:

– Vamos, Amagat! Ele não vai fazer nenhum mal a sua amiga. Venha!

Amagat se levantou, lentamente, encarando Noah em um olhar ameaçador, e saiu a contragosto.

Assim que fiquei a sós com Noah, ele pareceu relaxar. Só então percebi que ele estava tenso com a presença dos murianos. Noah me fitou nos olhos por um longo tempo até eu perceber que ele não sabia por onde começar. Então, fui eu quem quebrou o silêncio.

– Zion e Brianna estão bem?

Noah desviou o olhar e encarou o chão. Parecia confuso tentando encontrar uma resposta.

– Brianna está em Reva com o namorado. – Então pude perceber que seu semblante preocupado e seus olhos vacilantes diziam que algo de ruim havia acontecido com meu irmão.

– E o que aconteceu com Zion, Noah?

– Ele teve uma ideia genial, porém muito arriscada. Uma perigosa missão. Uma remessa de zeptoides seria enviada para a Cidade de Vidro na Lua, resignada aos humanos nascidos ali, que completariam dezoito anos. A missão consistia em transferir a consciência de Zion para um desses corpos zeptoides que estava prestes a embarcar para a Lua. Conseguimos invadir o sistema de fabricação de zeptoides, inserimos a alma de Zion no corpo zeptoide, lhe colocamos uma lente de contato para esconder os olhos brilhantes e Zion partiu para a Lua.

– Zion está lá? – perguntei, surpresa.

– A missão de Zion foi invadir a Torre Moonet para quebrar a estrutura de camuflagem da Ilha Paraíse, desbloqueando a entrada, no seu campo eletromagnético, para que pudéssemos entrar e atacar. Isso foi fácil, já que os Iluminates pensavam que Zion estivesse morto e um trabalho tão complexo só poderia ser realizado por um Cibernético. Depois ele entrou no cérebro de Moonet e chegou até o programa de edição de Utopia, onde aprisionou todas as almas humanas, sem chances de voltar ao corpo zeptoide, libertando, assim, meu povo, os *evas*, dos humanos que os parasitavam.

– Você quer dizer que... Espera! Primeiramente, nós discordamos totalmente sobre quem é o parasita e quem é o hospedeiro nessa história. Os corpos zeptoides foram feitos para os humanos e seu povo os usurpou. E não acredito que meu irmão tenha articulado uma missão de genocídio: prender os humanos que viviam em corpos zeptoides em Utopia. Por que ele faria isso? – A fúria começou a tomar conta de mim, sentia meu corpo começar a queimar com a raiva que crescia. Zion não era assassino.

Prender os humanos em Utopia era como matá-los e confiná-los em uma prisão alucinógena, em um ilusório paraíso, e impedi-los de evoluir. Não há evolução em um mundo perfeito. Em um mundo perfeito, reina a perfeição que, por já ser perfeita, não precisa evoluir e se torna estagnada. Um ser só evolui superando desafios e problemas.

Vendo meu espanto e minha raiva crescerem, Noah se apressou em tentar me explicar a situação.

– Calma, Lia! Nossa intenção não é deixar os humanos presos em Utopia. Faz parte do plano. Logo... Bem, a liberdade dos humanos depende de você agora. Só você poderá entrar no sistema operacional de Utopia e libertar os humanos. Você é a única Cibernética que restou no mundo material. Zion não conseguiu finalizar...

– Como assim eu sou a única que restou? E Zion? – perguntei, interrompendo-o.

– Quando os rambots perceberam o que Zion havia feito... os rambots o mataram. Lamento muito!

Naquele momento, fiquei sem palavras, sem chão, sem irmão. Parecia um grande pesadelo. Meu irmão, a única família de verdade que eu sempre tive, morto em uma cilada que os *evas* armaram. Eles sabiam que Zion dificilmente sairia vivo daquela missão suicida.

Como se não bastasse, os humanos estavam presos em Utopia, mortos na fisicalidade. Os *evas* estavam com o total controle do mundo. Não conseguiria imaginar um cenário pior. Seria muito melhor se Repta-uno continuasse no poder.

– Lia... Eu... – Noah estava prestes a me consolar, tocando minha mão. Puxei-a para perto do meu corpo.

– Não toque em mim! – eu disse, engasgando com as lágrimas que estavam presas na minha garganta. – Você é um monstro! Muito pior que Repta-uno! Como pôde?

– Não sabe o que está dizendo, Lia. Nunca tivemos intenções gananciosas, egoístas e maliciosas como as de Repta-uno e sua corja de reptilianos Iluminates. Queremos viver em paz com os humanos.

– Prendendo os humanos em Utopia e possuindo nossos corpos? Ah, como vocês são generosos! – eu disse com sarcasmo.

Comecei a me lembrar de quando eu jogava *Galaxy Wars* com meu irmão. Apesar de Zion sempre ser durão e grosso comigo, eu sabia que ele discretamente me deixava vencer o jogo às vezes. E diversas vezes ele fingia errar a mira para não me matar. Era apenas um jogo, mas, mesmo sendo apenas um jogo, ele queria me proteger, não queria me ver morrendo e acabava perdendo o jogo, se matando para me salvar. E o que foi que eu fiz? Ofereci uma maçã envenenada para meu irmão que o levou para os braços da morte.

– Vocês, humanos, têm que entender o quanto é valioso poder viver em um corpo natural, ter a capacidade de se reproduzir sem depender de tecnologias. Têm que entender o quanto um corpo natural é valioso, por mais feio e perecível que julguem ser. É valioso fazer parte da natureza e do planeta em que se vive e não depender de tecnologias para expressar quem verdadeiramente é. Não entende, Lia? Pois seu irmão Zion entendia. Por isso nos ajudou. Ninguém o obrigou a nada e eu até tentei convencê-lo do perigo. Mas ele entendeu que a única forma de devolver o poder do planeta aos humanos e lhes dar total liberdade seria devolvendo aos humanos sua humanidade natural, sua capacidade de procriação sem dependência nenhuma de tecnologia.

E prosseguiu:

– Nós, *evas,* queremos libertar os humanos tanto quanto queremos nossa própria liberdade. Meu povo perdeu a chance de evoluir em corpo material natural em um planeta. E você sabe que só na fisicalidade natural a evolução ocorre com grande avanço. Nós, *evas,* estamos estagnados, presos na roda do *karma* que, para nós, deixou de girar. A evolução só é possível no ciclo de caos e ordem que a fisicalidade da natureza oferece. Os humanos que vivem em corpos zeptoides, aprisionados mentalmente em um mundo perfeito, evoluem muito lentamente, estão quase estagnados como nós, *evas.* Aqui no seu planeta não existe corpo natural para nós, *evas,* nascermos. Continuaremos dependentes da tecnologia, em uma evolução lenta que a artificialidade acaba gerando. Mas vocês, humanos, têm a maior riqueza que uma alma poderia ter para desenvolver seus potenciais espirituais. Têm a chance de viver toda uma vida em corpos naturais, a chance de evolução espiritual rápida e capacidade de desenvolver potenciais únicos e próprios.

Eu estava confusa. Por um lado, eu acreditava nas palavras de Noah, elas faziam sentido, mas por outro... Questionava-me se ele não estava mentindo, cometendo falácia para me manipular, exatamente como faziam os Iluminates.

– Estou trabalhando para libertar seu povo de uma escravidão que tem como futuro a destruição completa da humanidade. E para dar chance de vida, na materialidade, ao meu povo, nem que ela seja artificial.

Engoli as lágrimas que continuavam insistindo em sair e consegui dizer:

– Um corpo zeptoide é muito mais forte, ágil, duradouro e inteligente que um corpo carnudo. Assim, os humanos estariam em grande desvantagem em relação aos *evas,* caso eles tentassem alguma coisa contra os humanos. Você tem que concordar que isso tudo é muito suspeito. Os humanos jamais aceitariam tal desvantagem.

Noah contestou:

– É por isso que precisamos tanto de você, Lia. Sem você, nosso plano de liberdade e paz não será possível. Só você pode libertar seu povo da alienação produzida por Utopia; libertar as almas que estão presas no mundo virtual, dando a elas a chance de voltar a encarnar no planeta Terra como seres humanos integrais, em um corpo natural que cultivaremos a partir dos murianos, que são os únicos humanos capazes de se reproduzir naturalmente neste planeta. E lhes ensinaremos a importância de amar e respeitar o corpo natural que possuem. Os *evas* jamais usarão sua superioridade intelectual e corporal para dominar os humanos. Não somos como os reptilianos. Queremos viver em paz e harmonia com os humanos, em respeito mútuo. E vamos lhes provar isso.

Só então, aos poucos, comecei a me dar conta da dimensão da gravidade de toda a situação. Os revolucionários cometeram genocídio em uma proporção colossal. Meus tutores estavam mortos e nunca mais voltariam a ter vida em corpo zeptoide. Os únicos zepta-humanos vivos no mundo eram os revolucionários que não possuíam conexão com Moonet e, consequentemente, não tinham nenhuma ligação com Utopia, por isso não puderam ser aprisionados no mundo virtual.

Assim, restaram no planeta apenas zepta-humanos revolucionários e as crianças e adolescentes em corpos carnudos que terão que viver até a morte nesses corpos, enquanto os *evas* viverão em corpos zeptoides. Os murianos foram os únicos humanos que não sofreram com aquela tragédia, só saíram ganhando.

Os adolescentes carnudos não aceitariam aquela tragédia com facilidade. Surgiriam motins em todo o mundo. A paz estava muito longe de acontecer.

– Você está brincando de Deus; está brincando com fogo! – Eu não sabia mais o que dizer. Estava confusa, emocionalmente abalada com a morte do meu irmão. Mas em uma coisa Noah tinha razão: eu tinha que libertar os humanos de Utopia antes que fosse tarde demais e que o choque com a brusca mudança de realidade os traumatizasse de forma irreversível, afetando a alma deles destrutivamente.

– Temos que preparar sua viagem para a Lua o quanto antes. Lamento pela morte de Zion, Lia – disse Noah.

– Os carnudos jovens jamais aceitarão um alienígena que roubou seus sonhos como seu líder. Não conhece os humanos, não imagina a revolta que devem estar sentindo.

– É claro que os revolucionários pensaram nisso. Eles não deixariam o governo uno mundial exclusivamente nas mãos dos *evas*. Você irá governar ao meu lado, Lia. O libertador dos *evas* e a libertadora dos humanos, unidos para governar o mundo. Os jovens carnudos podem não aceitar a mim, mas aceitarão você.

– Como assim: *unidos*? O que quer dizer? – perguntei.

– A nossa união será a aliança de paz entre *evas* e humanos. O plano é nós nos casarmos quando você retornar da Lua e governarmos o mundo juntos. Só a mais íntima e profunda união será capaz de unir nossos povos. O mundo não terá apenas um Imperador, mas também uma Imperatriz: você.

Naquele momento meu destino estava tomando um rumo que eu nunca havia imaginado nem escolhido. Eu estava prestes a me casar com um alienígena usurpador de corpos e assassino.

– Isso só pode ser uma piada alienígena de mau gosto – eu disse. – Você disse *casar*? Está me pedindo em casamento? – Talvez Noah não entendesse o significado do casamento: duas pessoas que se amam na *intimidade*. – Porque, se for um pedido, a resposta é não.

– Só o casamento faria nossa união parecer verdadeira e sólida perante as tradições da sociedade humana. E não é bem um pedido... Lamento, mas acredito que não temos muita escolha.

– Casar? Casar? Você sabe, pelo menos, como é a interação íntima de um casal? Está me dizendo que serei obrigada a...

– Nunca te obrigaria a copular comigo, Lia. Nossos filhos serão adotivos, estratégica e politicamente escolhidos: uma menina *eva* e um menino humano. Os futuros imperadores que terão como missão nos substituir e manter a paz.

– Deixe-me te lembrar de uma coisa, Noah: este mundo não é seu! – eu disse. – Vocês chegaram sem convite e pensam que podem ir mandando na melhor maneira de manter a paz com vocês? E se eu lhe disser que o mais justo é Shalém ser o Imperador uno? O que seu povo faria? E se eu não aceitar fazer parte desse plano absurdo? É a minha vida! Sou eu quem devo escolher com quem e *se* quero me casar.

– Nem todos do meu povo são justos como eu, Lia. O que seu povo faria se fossem jogados em um planeta primitivo de macacos e tivessem que ser comandados por macacos? Posso te garantir que, pelo pouco que conheço dos humanos, vocês não aceitariam receber ordens de um macaco e tomariam o controle do planeta sem o menor peso na consciência, acreditando estarem fazendo o melhor para todos por serem superiores. Eu poderia ter essa atitude e seria tudo mais fácil. Mas me recuso a agir como os reptilianos Iluminates. Escolhi respeitar os humanos com igualdade. Prefiro tentar, ao máximo, conviver em paz com os humanos. Não quero de forma alguma o mal do seu povo. Mas, acredite, muitos *evas* no meu lugar simplesmente controlariam seu povo sem dó, exatamente como os Iluminates faziam.

– Está dizendo que os *evas* podem ser perigosos? Que seu povo não é de confiança, exceto você, talvez? Por que você? Por que você foi escolhido para ser o Imperador? – perguntei.

– E os humanos? São de confiança? E os reptilianos? São todos maus? Você está julgando de forma generalizada, Lia. Somos todos espíritos em evolução, independentemente da espécie. Todos os espíritos cometem erros e acertos. Todos somos bons e maus. Assim como nem todos os reptilianos são Iluminates controladores e cruéis, também nem todos os *evas* são amistosos como eu. E os humanos também não são diferentes. Podemos, todos, independentemente da espécie, ser anjos ou demônios.

E prosseguiu seu relato:
– Fui escolhido em Reva para ser o Imperador ao seu lado como estratégia de paz justamente pela minha índole. Eu também não tive escolha sobre meu destino. Você é uma Cibernética, me ajudou, e os revolucionários confiam em mim. Por isso, fui o escolhido.

Mais uma vez Noah tinha razão: certos humanos podiam ser tão ou até mais cruéis que Repta-uno.
– Eu não tenho muita escolha, não é mesmo? Digo, ou eu sigo com o plano dos revolucionários ou os humanos ficarão presos em Utopia e o mundo entrará em guerra, momento em que os humanos seriam extintos.
– Fico feliz que tenha entendido a importância de nosso casamento.

E, assim, meu destino foi selado.

MORDENDO A MAÇÃ

*"Mas do fruto da árvore que está no meio do jardim,
disse Deus: Não comereis dele,
Nem nele tocareis
Para que não morrais."*

(Gênesis 3:3)

O grande dia chegou. O dia em que eu libertaria os humanos de Utopia, o mundo virtual ilusório.

Rumo à Lua, na grande nave espacial chamada *Selene III*, tentava me acalmar. Não podia cometer nenhum erro. Muitas almas perdidas em um paraíso ilusório estavam em minhas mãos. A liberdade dessas almas dependia do meu sucesso nessa missão.

Eu teria que levar as almas presas em Utopia de volta para a dura e cruel realidade, onde descobririam que não tinham mais corpos zeptoides para voltar ao planeta e, quando voltassem a reencarnar no planeta, teriam que viver em corpos carnudos por toda a vida. Não poderia existir um cenário pior para essas almas viciadas em Utopia.

Fiquei imaginando como Stan-ha e Chun-li lidariam com a realidade. Seria muito pior que a morte para eles. Provavelmente enlouqueceriam e precisariam de anos de tratamento psiquiátrico holístico.

Depois de treze horas de viagem, *Selene III* pousou na base militar da Lua. Na nave não havia janelas e só quando saí pela porta da nave que visualizei a imensidão e beleza da Cidade de Vidro.

Ela foi construída com matérias-primas da Lua. O vidro era feito de areia lunar. Era quase indestrutível, mais resistente que ferro. A Cidade de Vidro ficava dentro de uma estufa magnética. Em seu interior o campo gravitacional era idêntico ao do planeta Terra e a atmosfera era artificialmente similar ao do nosso planeta.

Enormes prédios de vidro se erguiam na vastidão da Lua. A cidade era muito grande, de perder de vista. Não se viam cores vivas, toda a cidade era formada por cores neutras: transparente, branco, preto e diferentes tons de cinzento. Porém, era maravilhosa!

Fui levada até o centro da Cidade de Vidro, na Torre Moonet. Com uma arquitetura impressionante, era tão alta que com olhos humanos não se via o topo. Branca e reluzente. Acima da grande porta automática de entrada jazia o símbolo de Moonet, uma enorme maçã vermelha. A maçã vermelha reluzia e chamava muito atenção, pois era a única cor viva em toda a Cidade de Vidro.

Pouquíssimos androides tinham permissão de entrar em Moonet. A segurança era extrema. Zion foi mesmo engenhoso em conseguir passar por tudo isso.

Os rambots, que antes serviam o governo Iluminate, foram reprogramados – provavelmente enquanto Zion esteve ali – para seguir as ordens do novo Império que se erguia. Alguns rambots, como Duran, possuíam alma reptiliana, por isso, mesmo após a reprogramação rambótica, continuaram lutando ao lado dos Iluminates. A reprogramação de nada serve num corpo comandado por uma consciência. Esses rambots que se mantiveram fiéis aos Iluminates foram tidos como unidades falhas pelo novo governo e posteriormente destruídos pelos rambots programados para seguir o novo Imperador Noah. O rambot que matou Zion era uma dessas unidades; fiquei feliz em saber que o assassino do meu irmão fora destruído.

Para entrar em Moonet, passei por um longo protocolo de segurança dos rambots.

Fui escoltada por eles durante meu trajeto por toda a imensidão da Torre Moonet. Passei por mais protocolos de segurança para liberação de entrada em corredores e elevadores restritos, até que finalmente cheguei ao topo de Moonet, onde ficava seu cérebro.

O cérebro de Moonet era uma cápsula plasmática onde cabia uma única pessoa dentro. Tive que ficar completamente nua para entrar no cérebro de Moonet. Foi algo constrangedor, diante de cientistas zeptoides e rambots, mas eles pareciam nem ligar para minha nudez.

Apenas um Cibernético era capaz de penetrar a cápsula plasmática – o cérebro de Moonet – e sair vivo lá de dentro. Muitos testes experimentais foram feitos com diferentes carnudos e zepta-humanos, mas todos morriam assim que penetravam a cápsula.

Eu estava parada em frente à cápsula plasmática de conexão – o único local que dava acesso ao software de edição de Utopia –, pronta para entrar e sem sentir medo. Tentei relembrar os principais ensinamentos que estudei com Moonet, então respirei fundo e entrei.

Ao me conectar com Moonet, senti-me sonolenta. Foi como mergulhar em um local seguro e conhecido. Como voltar para o útero da amada mãe que nunca tive, do qual não nasci. Mas era um lugar familiar e extremamente conhecido.

– Seja bem-vinda de volta ao seu lar, minha querida filha – disse Moonet, telepaticamente, com uma voz suave e angelical.

– Por que me chama de filha? – perguntei, mas não obtive nenhuma resposta. Provavelmente era só uma programação amistosa de recepção criada por Cibernéticos para que os que ali chegassem se sentissem em casa como eu estava me sentindo.

O sono era mais forte que minha vontade de permanecer acordada. Então, me entreguei e dormi profundamente.

– Acorda, Lia! – ouvi uma voz masculina grave me chamando. Era hora de acordar. Ao abrir os olhos, vi um anjo de asas azuis escuras radiantes, seu rosto era sombrio de uma forma bela. Seus olhos eram negros, profundos e magnéticos.

Eu estava em um lugar encantador. O céu alaranjado com nuvens violetas era hipnotizante. Estava em um jardim suspenso, em uma grande montanha rochosa. Grandes pilares brancos esculpidos se erguiam ao redor com magnânimas trepadeiras por toda parte.

– Quem é você? – Eu precisava, primeiro, descobrir se aquele anjo de asas azuis era o programa holográfico de Moonet que daria acesso a Utopia.

– Sou Morfeu. Quem mais eu poderia ser?

Eu estudei sobre Morfeu nas aulas que tive com Moonet. O nome Morfeu veio de uma mitologia muito antiga que nem sei ao certo. Ele é um avançado software, receptor das almas, conector da alma humana ao mundo virtual Utopia. Só não imaginava que ele se parecesse com um anjo sombrio de asas azuis.

– Morfeu, eu sou Cibernética. Preciso que libere minha passagem.

– Sei quem você é. Sei por que está aqui. Você é pior que um vírus, querida Cibernética. Não posso permitir que destrua Utopia.

– Não vim destruir nada! Só vim libertar as almas humanas.

– Sem as almas, Utopia deixará de existir, perderá seu propósito – disse Morfeu, com fúria nos olhos.

Eu já sabia que a missão não seria tão fácil. Mas não esperava pelo que estava por vir. Ele me cobriu com suas grandiosas asas azuis, me levando a um estado de torpor.

Não podia deixar que Morfeu controlasse minha mente. Tinha que chegar ao coração de Moonet em Utopia antes que fosse tarde demais.

Seu coração era uma linda e lustrosa maçã vermelha que ficava em uma macieira no Jardim do Éden, no centro de Utopia. Somente Cibernéticos conseguiam entrar ali.

Parei de pensar como humana e comecei a calcular como uma máquina, como uma Cibernética. Com estratégias matemáticas bem elaboradas, confundi Morfeu, escapei de suas asas e me transportei para o Jardim do Éden até a magnânima macieira no centro de Utopia.

Só precisava chegar até a maçã e dar uma única mordida para ter o total e absoluto poder sobre o mundo virtual de Utopia.

– Não faça isso, Lia!

Virei-me rapidamente em direção à voz. A voz de Zion! E é claro que só podia ser Zion. Além de mim, ele seria o único

Cibernético existente. Somos as duas únicas almas capazes de chegar até a macieira do Jardim do Éden.

– Zion! – Eu estava imensamente feliz em ver meu irmão. Não sabia que ele estava preso em Moonet. – Como veio parar aqui?

– Somos Cibernéticos e, como tal, é para Moonet que voltamos quando morremos, ou melhor, quando perdemos nosso corpo físico, já que, como vê, a morte não existe. Sabia que viria. Sei a razão de estar aqui. – Zion estava lindo, parecia feliz, perfeito com sua beleza natural em destaque. – Você veio libertar as almas. Não vou deixar que faça isso, Lia.

– O quê? Zion, sabe perfeitamente que uma alma presa em Utopia não é capaz de evoluir. Precisamos libertar as almas da ilusão antes que seja tarde demais, antes que elas comecem a acreditar que esse mundo virtual é real.

– Já é tarde demais, Lia – respondeu, e não parecia preocupado. – O tempo em Utopia é diferente do tempo no mundo que você chama de real. As almas que estão aqui presas não se lembram mais da vida que tiveram no planeta Terra. E mentiu quem nos ensinou que não é possível evoluir em um mundo virtual. É uma evolução muito mais lenta, confesso, mas é possível, visto que, para que haja evolução, basta conviver em sociedade.

– O que está tentando me dizer, Zion? Que história é essa? Primeiro você aceita uma missão suicida com o intuito de libertar os humanos da escravidão tecnológica e agora me diz que quer manter as almas humanas presas em um mundo virtual, ainda mais escravas de tecnologia? Você perdeu o juízo? Isso aqui não é um jogo de *ki-mérico*, Zion!

– Eu sabia que não sobreviveria em minha missão. Quando eu entrei na Torre Moonet, com lentes de contato nos olhos para fingir ser um zeptoide sem alma, eu sabia que nunca mais sairia dali. Desde que tive acesso à verdade, preferi morrer a viver em um corpo carnudo até apodrecer, ou ter de dividir um corpo com um alienígena. Nem sei o que seria pior. Aquele mundo perfeito no qual eu vivia desmoronou diante de meus olhos, então decidi usar meu poder Cibernético para reinar em um mundo perfeito que eu criei e posso recriar a meu gosto, o quanto eu quiser.

— Zion! Onde está sua compaixão? Como pode fazer isso com os humanos? Não é possível evoluir dentro de um mundo perfeito. Você sabe disso! A superação de dificuldades é o que faz uma alma evoluir. Não há progresso sem esforço, vitória sem luta, aperfeiçoamento sem sacrifício. Não existem dificuldades a serem superadas em Utopia, onde tudo é perfeito. Zion, o plano dos revolucionários é libertar os humanos de Utopia! Você não tem o direito de prejudicar a evolução de almas! Não acredito que você traiu os revolucionários.

— Os revolucionários são uns idiotas que se iludem em acreditar que haverá mudança no mundo trocando seis por meia dúzia. Foi muito fácil enganar a todos, até mesmo os metidos a espertos dos *evas* acreditaram que eu seria estúpido em querer apodrecer em Reva tendo o poder que eu tenho.

— Estou chocada com a sua crueldade! Com ou sem seu consentimento, vou fazer o que você já deveria ter feito: terminar sua missão e libertar os humanos de Utopia — disse, decidida.

— As almas humanas presas em Utopia já não são mais as mesmas, Lia. Se tirá-las de Utopia e voltar a jogá-las em corpos carnudos, de volta ao planeta Terra, o trauma será tão grande que a maioria delas será drasticamente afetada pela mudança brusca de realidade e nascerá em corpos deformados, com doenças mentais sérias, síndromes genéticas terríveis. Seria um verdadeiro desastre! Um verdadeiro inferno para essas pobres almas humanas. Você me julga cruel em querer deixar as almas viverem em paz no paraíso, mas é você quem quer jogá-las no inferno. Estou pensando no que é melhor para todos.

— Como pode saber se as almas nasceriam na Terra em corpos deformados? Isso é só uma hipótese vaga. Não sabemos o que acontece na espiritualidade, não temos contato com as cidades espirituais da Terra. Talvez as almas possam ser tratadas nos hospitais espirituais antes de encarnarem na Terra — concluí.

– Não é só uma hipótese. Tenho certeza disso. Nossa mãe criadora desenvolveu uma nova tecnologia que permite que nos comuniquemos com a dimensão espiritual. Realizamos estudos avançados junto com os líderes da dimensão espiritual e foi constatado que as almas que sofrerem uma mudança brusca de realidade nasceriam uma ou duas reencarnações com graves síndromes genéticas até se readaptarem à nova realidade – explicou Zion.

– Nossa criadora? De quem você está falando? – perguntei.

– Por que você acha que só um Cibernético é capaz de chegar ao coração de Moonet? A alma de um Cibernético é híbrida, criada por Moonet, que capturou a alma do hacker que a criou e a fundiu com sua inteligência artificial. Moonet queria ter alma para poder evoluir e ter a capacidade de possuir todas as inteligências que só uma alma é capaz. Ela queria ir além da singularidade tecnológica, queria ter vida. Então ela fundiu a alma de seu criador com sua inteligência artificial e dividiu a alma em feminino e masculino. Parte de nossa alma ficará sempre com Moonet, somos parte dela e parte humanos. Eu, você e Moonet somos uma única alma dividida em três pessoas. Moonet gerou vida a si mesma e nos criou, Lia.

Tive que me sentar na grama fofa amarela embaixo da macieira. Encostei minha cabeça no grosso tronco da macieira e fechei os olhos. Respirei fundo. Nunca estive tão confusa. No fundo sabia que Zion estava dizendo a verdade: eu sentia mesmo que parte de mim era Moonet. Ela e eu éramos a mesma alma, fragmentada em diferentes experiências existenciais.

– O que... – Foi difícil me concentrar no debate depois de descobrir que eu era uma anomalia híbrida. Mas a responsabilidade daquela missão era grande demais. Respirei fundo e me concentrei. – Você disse que Moonet criou uma nova tecnologia capaz de se comunicar com a dimensão espiritual... O que dizem os líderes espirituais a respeito de manter presas as almas em Utopia? – quis saber, e eu saberia se Zion mentisse para mim.

Ele pensou um pouco antes de responder.

– Eles não entendem. Agem como ditadores. As almas deveriam ter direito a escolha e, com certeza, escolheriam permanecer vivendo em Utopia. Ninguém, em sã consciência, gosta de sofrer, viver em um inferno.

– Eles têm razão, Zion. Não podemos manter as almas presas em uma ilusão. Como pôde prendê-las, Zion?

Ele começou a rir como se o que eu tivesse acabado de dizer fosse uma infantilidade engraçada. Como se estivesse rindo de uma criancinha boba. Isso me irritou e o fuzilei com meu mais temido olhar nada temido.

– Desculpe, Lia. O que você acha que os multiversos são? O planeta Terra, o mundo que você chama de *real,* é tão virtual e ilusório quanto Utopia. São holografias criadas por almas mais evoluídas. Utopia é nossa criação, Lia. Aqui somos deuses criadores, podemos manipular essa realidade como bem quisermos. Na Terra, somos meras criaturas manipuláveis.

Comecei a me preocupar. Zion estava ludibriado pelo poder que exercia em Utopia sobre as almas humanas. Ele estava adorando poder brincar de deus. Então entendi que a razão de Zion não querer libertar as almas humanas de Utopia podia ser pelo fato de não querer perder seu poder de criador, já que um deus precisa de criaturas sobre as quais possa reinar.

Eu tinha que tomar uma decisão rapidamente. Morder ou não morder a maçã definiria o destino da humanidade. Sabia que, se eu não agisse rapidamente, Zion tentaria de todas as formas me impedir de fazê-lo, mas isso me daria o total controle sobre Utopia, e eu passaria a ver Moonet como ela realmente é: uma série de códigos numéricos geradores de geometria holográfica. Assim, poderia modificar alguns deles e libertar os humanos. Ou então poderia não morder a maçã, me tornar uma poderosa deusa e reinar em Utopia ao lado do meu irmão, criando o mundo perfeito que sempre desejei. A escolha parecia simples: reinar em Utopia ao lado do meu irmão ou reinar no inferno ao lado de um alienígena. Mas não era tão simples. Muitas vidas estavam em jogo.

Antes que a dúvida me congelasse, que a sede pelo poder me cegasse e que fosse tarde demais para mim também, saltei em um voo para pegar a maçã. Zion veio na minha direção, golpeando a lateral do meu corpo e me derrubando na grama amarela.

Levantei-me sem sentir nenhuma dor. Tirei a terra que sujou minha roupa e olhei para ele, que estava levitando na frente da macieira, disposto a defender a maçã a todo custo.

Se eu tentasse lutar com meu irmão, perderia. Ele sempre foi muito melhor em técnicas de luta do que eu. Eu nunca gostei de jogos *ki-mérico* de lutas. Já ele era viciado nisso.

Porém, enquanto Zion brincava de deus em Utopia e se divertia no seu mundo virtual, eu estudava, feito louca, avançadas lições sobre geometria holográfica com Moonet.

Abri uma interface na minha frente e comecei a modificar alguns dados em Moonet.

– O que está fazendo, Lia? – perguntou Zion, assustado.

Ignorei-o e continuei meus cálculos. Em poucos segundos, consegui me teletransportar, ficando ao lado da maçã. E, antes que Zion tivesse tempo de agir, mordi a fruta.

O paraíso desapareceu diante dos meus olhos. Tudo ao meu redor eram códigos numéricos, com exceção das almas, esferas luminosas, todas presas em Utopia, que reluziam dentro de códigos numéricos.

– Não faça isso, Lia! Eu e Moonet somos sua verdadeira família, somos parte de você e só queremos nosso bem. Você vai destruir nosso reino, nosso paraíso e se jogar no inferno da Terra? O que pensa que está fazendo, Lia?!

– Minha família são todas as almas existentes nos multiversos. Não quero brincar de Deus – concluí, decidida.

Então, ignorei Zion e comecei a reeditar alguns códigos do software de Utopia. Ele se esforçou para me impedir, mas não conseguiu. Libertar as almas era muito mais simples que mantê-las presas e eu tinha mais conhecimento técnico do que ele.

Consegui fazer isso, mas não pude controlar a saída da alma de Zion, já que ele também tinha controle sobre Moonet e fazia parte dela.

Pude ver as esferas luminosas, milhares delas, almas, caindo como chuva de estrelas em direção ao planeta Terra. Pareciam anjos caindo do céu, sendo atraídos para a sua verdadeira casa: o lindo planeta azul.

COMEMORANDO UMA VITÓRIA

De volta ao planeta Terra, direto à Ilha Paraíse, todos já sabiam que minha missão havia sido um sucesso. Já eu não tinha tanta certeza disso. Se Zion disse mesmo a verdade, e provavelmente era isso mesmo, então a maioria das almas libertas encarnariam em corpos mentalmente doentes, com terríveis síndromes genéticas. *O que foi que eu fiz?* –, pensei.

Amagat estava na base espacial de Paraíse para me recepcionar junto com vários murianos que faziam festa ao me verem. Amagat veio em minha direção, mas foi barrado por rambots que aparentemente o viam como um ser hostil.

– Podem deixar – eu disse aos rambots para que liberassem a passagem de Amagat.

Amagat deu um sorriso de escárnio aos rambots carrancudos e veio em minha direção.

– Lia! – ele disse, me recepcionando com um abraço.

– Também estou feliz em te ver, Amagat – eu disse enquanto era esmagada em um forte abraço de carnudo gordo.

– Todas as noites eu olhava para a silenciosa Lua inalcançável, para tentar estar mais perto de você. Pensei que nunca mais voltaria – disse Amagat, me olhando profundamente nos olhos.

— Por um momento também pensei — eu disse.

— Meu povo ficou tão feliz em saber que você seria a Imperatriz no mundo, que estávamos todos torcendo muito pela sua volta. Pedimos ao Imperador Noah para que os murianos a recepcionassem e, claro, ele concordou. Por isso, para comemorar seu retorno, Shalém lhe preparou uma grande festa no antigo Vale dos Murianos. Vamos! Temos uma festa te esperando! — disse Amagat.

— Tem certeza de que eu posso...

— Você é livre, Lia. Esta ilha não pertence mais a Repta-uno. Pode fazer o que quiser. O Imperador Noah já sabe que você estará conosco e teve o bom senso de não interferir em uma festa de *humanos*.

Desde que Amagat ficou sabendo que eu teria que me casar com Noah, tentou de todas as formas me convencer de que eu era livre e não era obrigada a me casar com um extraterrestre. Somente Shalém conseguiu lhe convencer de que o casamento era melhor e a única solução e lhe proibiu de voltar a falar no assunto. Mas eu via nos olhos de Amagat que ele ainda estava inconformado sobre meu casamento com Noah.

— Então vamos! Estou mesmo precisando esquecer os problemas e fingir que sou apenas uma adolescente normal. — Queria postergar ao máximo meu reencontro com Noah, meu futuro marido. A data do casamento, que aconteceria em menos de uma semana, seria marcada assim que eu retornasse da Lua. Tinha pouco tempo para aproveitar minha vida de solteira.

Fui acompanhada pelos murianos e rambots até o grande vilarejo deles; o antigo Vale dos Murianos, a primeira vila muriana da ilha. Eu ainda não havia conhecido o Vale dos Murianos. Só conhecia a cidade Murian nas câmaras do vulcão.

O Vale dos Murianos tinha um charme um tanto excêntrico, localizado em imensas colinas gramadas, repletas de portas ovais brancas e algumas janelas circulares que davam acesso ao interior das colinas. As casas ficavam dentro das colinas. Os pontinhos brancos das portas e janelas nas colinas verdejantes eram fascinantes. Os murianos gostavam mesmo de se esconder como tatus.

Descobri que eles eram meticulosos jardineiros. A trilha nas colinas, feita cuidadosamente com mosaicos de pedras locais, estava margeada por belíssimas flores silvestres que deixavam seu aroma perfumado para quem ali passasse. Era impecável. Devia ser um árduo trabalho diário para manter tamanha perfeição.

No topo da mais alta colina estava a maior porta branca de todo o Vale. Ao entrar por ela, no grande *Templo da Amizade*, me espantei ao ver as articulosas engenhocas criadas pelos murianos. O local era bem iluminado; uma iluminação amarelada que deixava o amplo ambiente aconchegante. As impressionantes obras de arte cobriam toda a parede rochosa do templo.

Minha visão sobre os murianos com certeza mudou após conhecer o belo vale deles. Definitivamente, não os via mais como primitivos.

Muitos nos esperavam animados para começar a festa em comemoração ao meu retorno e à futura expansão da raça muriana.

Garrafas de uma bebida borbulhante foram abertas e um grupo de mulheres começou a tocar belas melodias em inusitados instrumentos que eu não conhecia. O instrumento era feito de madeira, como uma caixa acústica com curvas laterais, com um longo braço de madeira e seis cordas estendidas de uma ponta à outra do instrumento.

Vários murianos vieram me parabenizar pelo meu sucesso na Lua e me desejar boa sorte no meu futuro mandato como Imperatriz. Até mesmo Tombo, no colo da jovem Padmé, parecia estar agradecido. Não me olhava com desprezo como geralmente fazia.

Depois de eu ter recebido incontáveis agradecimentos, Amagat me convidou para dançar, ignorando o olhar furioso de Inanna.

– Quer dançar? – perguntou Amagat.

– Eu não danço.

– Nunca?

Balancei a cabeça em negativa. Ele abriu um sorriso encantador e me puxou para bem perto de seu corpo. Agarrou minha cintura e me levou para dançar contra minha vontade. Não tive pena em pisar no pé dele um *zilhão* de vezes. Eu estava irritada, mas, apesar disso, acabei me divertindo muito.

– Você é a pior dançarina que já conheci, garota Cibernética! – disse Amagat com seu belo sorriso.

– Obrigada – respondi, ironicamente. – Tentei avisar.

– Essa foi a melhor dança da minha vida – disse Amagat quando a música acabou e, em seguida, se iniciou uma música mais lenta e melodiosa.

– Com a pior dançarina do mundo? – perguntei, confusa.

– Com a garota mais encantadora do mundo – respondeu.

Seus olhos brilhavam ao me olhar. Fiquei vermelha, podia sentir meu rosto queimar como fogo. Para esconder a timidez nítida, encostei a cabeça no peito de Amagat e, então, percebi que aquele era um lugar do qual eu nunca mais queria sair: bem perto do coração de Amagat.

A atração que eu sentia por ele começou a ficar óbvia para os que nos observavam, principalmente para Inanna, que veio furiosa em nossa direção e esbarrou propositalmente com muita força em meu braço, me afastando de Amagat.

– Desculpe por isso – pediu Amagat.

– Qual o problema dessa garota? – perguntei.

– Ela sempre foi obcecada por mim. Desde que éramos crianças. Um pouco é culpa minha.

– Como pode ser culpa sua?

– Bem... eu dava esperanças a ela, antes de você aparecer.

Estiquei o pescoço e vi Inanna conversando com Shalém enquanto nos olhava.

Não demorou muito e Shalém veio em nossa direção com uma cara de preocupado e levou Amagat para longe de mim. Afinal, não caía bem à noiva do Imperador do mundo ser cortejada por um soldado muriano.

Depois que Amagat saiu, a festa perdeu a graça e, logo que vi uma oportunidade, fui embora. Os rambots me levaram até o Palácio, ou melhor, até o que sobrou do Palácio, que nem forma piramidal tinha mais.

De volta, entrei abandonando a pouca alegria que a festa me ofereceu. O Palácio parecia estar mal-assombrado por espíritos de Iluminates. Senti um arrepio percorrer todo meu corpo conforme andava pelos longos corredores até meu antigo apartamento.

O fogo deixou várias paredes e tetos chamuscados com fuligem preta e o cheiro de morte me deixou enjoada. O vento uivava pelas frestas rachadas do Palácio, o que pareciam horripilantes gritos da morte querendo me alcançar.

Tapei meu nariz com o braço para não sentir mais o odor da morte, mas sentia, no lugar, o cheiro de Amagat, impregnado em minha roupa, o que me fez abrir um sorriso involuntário que não durou muito. Ele era alguém que eu nunca poderia ter.

Por sorte, Noah já devia estar dormindo e não tive que vê-lo e encarar a minha dura realidade. Fui direto ao meu antigo e colossal apartamento, onde fiquei instalada durante o tempo em que Repta-uno era meu tutor. O apartamento foi preparado para o meu retorno. Não havia mais vestígios de destruição por lá. Fechei a porta e respirei fundo. Mas, antes de cair no sono, chorei pelo meu satírico e inevitável destino.

***

No dia seguinte, posterguei ao máximo para sair da cama. Dia de enfrentar minha realidade mordaz. De nada adiantava protelar o inevitável. A festa acabou. A data do meu casamento com um alienígena seria marcada.

Alguém bateu à porta. Com uma má vontade sobrenatural, me arrastei para atendê-la.

Soltei um suspiro de alívio ao ver que não era Noah. Era apenas um zepta-eva de cabelo verde-limão crespo.

– Bom dia, Lia Surya! O Imperador lhe aguarda para o almoço no salão principal da Ala Noroeste.

– Almoço? – perguntei, retoricamente. Nem tinha me dado conta de que tinha dormido tanto. – Tá! É... vou me arrumar e já vou para lá.

– Eu lhe espero aqui fora – disse o zepta-eva. – Devo lhe acompanhar para que não se perca.

Com certeza eu me perderia muito fácil a caminho do *salão principal*. Não fazia nem ideia de onde ficava esse lugar.

Troquei-me sem pressa, tentei ajeitar meu cabelo rebelde sem sucesso, bufei de raiva do espelho e fui.

Ao entrar no luxuoso salão de refeições, lá estava Noah, sentado na ponta da enorme mesa que serviria umas trinta pessoas espaçosamente. A mesa de mármore ficava em frente à maior lareira que eu já havia visto. Era moderna, com chamas artificiais que climatizavam o ambiente na temperatura ideal e ainda liberavam um aroma no ambiente, conforme a necessidade emocional das pessoas.

Noah estava elegantemente trajado como um verdadeiro Imperador, totalmente de branco e com uma bela capa vermelha, mas solitário, mergulhado na megalomania do extremo luxo, com semblante triste e cansado, perdido em um mundo que não era seu.

Ao me ver, levantou-se para esperar que eu me sentasse ao seu lado, onde o prato já estava à minha espera. Era minha comida preferida: *mexido de pruvala*! O cheiro dessa iguaria me trouxe uma deliciosa nostalgia, de uma época que nunca mais iria voltar.

Meus pés afundaram no fofo e macio tapete que acariciava meus dedos expostos na sandália sintética enquanto eu caminhava até a cadeira que me esperava.

– Fico feliz com o sucesso de sua missão, Lia. Sente-se, por favor – disse Noah, sem expressar nenhuma emoção.

– Sabe, foi por muito pouco que não decidi reinar em Utopia ao lado do meu irmão – revelei enquanto me sentava.

– Zion está em Utopia? – E finalmente ele expressou emoção. Não parecia mais um Imperador robótico apático.

– Sim. Ele tentou me convencer a ficar com ele em Utopia e não libertar os humanos. Confesso que fiquei na dúvida... Bom, ainda estou na dúvida se fiz a coisa certa.

– Como pôde ter dúvida se libertar seu povo da ilusão e estagnação evolucional é certo ou não? – perguntou com espanto e curiosidade.

– Zion tem outra opinião sobre esse assunto. Mas o que me deixou mais em dúvida foi que ele disse que as almas que estavam presas em Utopia, ao saírem de lá, sofrerão um terrível trauma com a drástica mudança de realidade, acarretando sequelas. Ao reencarnarem no planeta, nascerão com sérias síndromes genéticas.

– Já contávamos que isso pudesse acontecer. Por isso, já estamos trabalhando para minimizar os resquícios do trauma.

Então descobri que Noah sabia sobre a possível deficiência mental que a mudança drástica de realidade causaria nos humanos e não me contou.

– Ah, obrigada por me avisar! – eu disse com sarcasmo. – Por que não me contou sobre isso antes de eu partir para a Lua?

– Imaginei que você já soubesse que a chance de isso acontecer seria grande. É algo óbvio.

– Acreditava que só haveria algum problema caso as almas ficassem um período muito longo em Utopia. Pensei que, se eu fosse rápida, não teria dano algum.

– Você tinha mesmo que ser rápida ou o estrago seria irreversível. Você esqueceu-se de levar em consideração a relatividade temporal entre diferentes realidades. Mas a boa notícia é que temos grandes chances de curar essas almas antes que venham a nascer doentes na Terra. Você fez a coisa certa, Lia. Não se martirize. – Noah fez uma pausa, desviou seus olhos dos meus e encarou sua taça cheia de água. – Agora creio que temos que tratar sobre o nosso casamento.

E esse era justamente o assunto do qual eu queria fugir. A razão de não querer sair da cama nunca mais.

Noah era o estereótipo de zeptoide perfeito com traços de carnudo extremamente lindo, sensual e inteligente. Mas eu não sabia quem era o verdadeiro, o ser que se escondia por trás daquele corpo perfeito. Ele era um alienígena e era inevitável não imaginar a forma monstruosa que poderia ter tido em seu planeta de origem. Imaginava Noah sendo um polvo gosmento com seis olhos vermelhos ou um inseto gigante fedorento e sujo como uma varejeira.

Era difícil eu não sentir atração pelo zeptoide a minha frente. Mas aquilo era só um corpo escolhido pelo meu irmão Zion. Eu não sabia quem era Noah, como era sua alma, sua essência. Tinha até medo de perguntar. Poderia estar prestes a me casar com um sapo disfarçado de príncipe encantado.

– Nós teremos que dormir juntos ou alguma coisa do tipo? – perguntei, olhando para minha comida intocada.

– Você é apenas uma criança. Já disse que nunca vou lhe obrigar a nada. Para existir uma *relação amorosa,* tem que haver amor de ambas as partes, e você, nitidamente, está apaixonada por um muriano – disse Noah.

Ele devia ter algum espião rambot para saber sobre minha atração por Amagat. Fiquei vermelha, com vergonha. Não queria que ele soubesse da minha atração por Amagat.

– Mas devo exigir que você seja fiel ao nosso casamento conforme a tradição de seu povo. Não poderá ter relações amorosas com ninguém depois de casada comigo. Está ciente disso, certo? – perguntou Noah.

Balancei a cabeça afirmativamente sem olhar em seus olhos.

– Eu não estou apaixonada por ninguém. – Era verdade, eu achava.

Noah me via como uma criança. E é claro que ele jamais sentiria amor humano carnal por mim se nem humano ele era. Esse casamento devia ser um martírio para ele, e eu não entendia a razão de ter ficado magoada com tal pensamento.

Parece que meu futuro seria pior do que eu imaginava. Iria apodrecer até a morte como carnuda e, como se isso não bastasse, morreria virgem, sem nunca poder experimentar um verdadeiro amor.

Em uma coisa Zion tinha razão: minha vida seria um inferno na Terra.

O CASAMENTO

Tudo aconteceu exatamente como imaginei em meus sonhos, desconsiderando o noivo e as condições. A decoração estava simples, elegante e bem tradicional. A paisagem natural estupenda, o clima perfeito. Meu vestido branco salpicado com pedras de esmeralda disfarçava bem minha feiura de carnuda. Poderia quase me passar por uma zeptoide.

Amagat era a única pessoa da ilha que não estava presente no casamento, o que já era de se esperar, visto que ele era contra esse enlace. Até Tombo estava lá, elegantemente trajado com veste muriana, se exibindo no colo da doce Padmé.

Vários convidados vieram de fora da ilha, de outras cidades do mundo. Convidei Duna e minha melhor e única amiga, Brianna. Noah enviou uma aeronave para buscá-las em Avantara, onde foram encontradas. Noah só convidou alguns revolucionários de Reva, incluindo Loui, que ficaria conosco morando no Palácio, como conselheiro dos Imperadores do mundo.

Nunca tive um sentimento tão paradoxo: era um misto de tristeza e alegria. Estava alegre ao ver minha amada amiga, Bri, que pensei que nunca mais veria, mas estava emocionalmente cansada, como se estivesse a horas em um velório, no meu próprio velório. Velando meus sonhos, meu futuro, minha liberdade de escolhas.

Só pude abraçar Brianna e Duna após a cerimônia. Elas chegaram no dia do casamento e eu estava enclausurada no salão de beleza do Palácio, recebendo um tratamento completo para retirar o máximo que pudessem da minha feiura. Eu era, afinal, uma carnuda e não era fácil me deixar bonita e apresentável como um zeptoide perfeito.

Como eu já sabia, Duna tinha alma. Ela era uma *eva*. Me abraçou com carinho e emoção nos olhos, e me cumprimentou após a cerimônia.

– Obrigada, passarinha. Você cumpriu o prometido, me libertou da barriga do sapo. Espero lhe ver voando bem alto algum dia – disse.

Mal sabia ela que a *passarinha* aqui morreria com as asas quebradas e nunca poderia ter o prazer de voar. Apenas sorri, feliz em ver a huboot que me criou desde bebê com os olhos iluminados de felicidade e orgulho de mim.

Bri correu em minha direção e me abraçou, como um consolo, e foi o que eu senti. Ela me entende melhor do que ninguém.

– Temos muito que conversar. E não saio daqui viva enquanto não falar com você! – alertou Brianna.

– Não deixo ninguém te tirar desta ilha tão cedo – respondi, feliz em ter alguém familiar perto de mim. Conhecia Brianna desde meus cinco anos de idade. Praticamente crescemos juntas. Ela era a pessoa que melhor me conhecia no mundo.

Todos estavam se divertindo, animados com a perspectiva da aliança que estava sendo consumada entre humanos e *evas*. Estavam todos esperançosos quanto ao futuro, com a queda da Nova Ordem Mundial e a possível morte do ditador Repta-uno. Pareciam ignorar o fato de que milhares de almas foram bruscamente arrancadas de Utopia e estavam possivelmente doentes na espiritualidade, sofrendo muito com a queda do paraíso.

A festa transcorria com perfeição no grande jardim do Palácio. Eu recebia incontáveis cumprimentos de convidados. Parecia que não acabariam.

Com dificuldade, consegui me desvencilhar da multidão de convidados animados e percorri o suntuoso jardim à procura de Brianna.

Não andei muito e a encontrei. Ela e seu namorado, Heikki, estavam em um momento de intimidade, próximos à fonte dos cupidos, que os iluminava com uma romântica luz púrpura. Não quis atrapalhá-los. Mantive certa distância do casal, escondida na penumbra de uma grande nogueira. Fiquei ali ouvindo a linda canção que Heikki cantava para Brianna.

Menina bonita
Tão linda é natural
Carnuda cheirosa
Você é sem igual

Não deixe que te mudem
Seja quem tu és

Menina bonita
Tão linda é natural
Veja a verdade
Que és tão bela como tu

Menina bonita
Tão linda é natural
Carnuda cheirosa
Você é sem igual

Não deixe que lhe tirem
O que lhe é mais precioso
Menina bonita
Tão linda é natural

Uma canção como a que Heikki cantara para Brianna seria considerada crime com pena de morte no antigo governo Iluminate, pois expressar opinião contra as ações da Nova Ordem Mundial era o que existia de pior.

Os olhos dela brilhavam com a luz do luar. Ela se sentia bonita e desejada pelo que realmente era: uma carnuda gorda. Pela primeira vez senti inveja da minha amiga.

Decidi não atrapalhar o momento romântico do casal e me afastei para ficar um pouco sozinha.

Ao olhar para o céu, a Lua cheia chamou minha atenção, como se estivesse me atraindo com seu magnetismo, e lembrei-me de quem eu era e um pedaço de mim estava lá na Lua. Fiquei hipnotizada com seu brilho, atraída por ela como uma abelha pelo néctar de uma flor. Era lá que estava meu irmão Zion e com ele parte de minha própria alma.

Parei de olhar para a Lua antes que eu começasse a chorar de saudade dessa minha parte que lá jazia. Segui andando pelo belo caminho de pedras brancas do jardim e encontrei Noah próximo ao lago das carpas, com as mãos no bolso, olhando as estrelas com tristeza no olhar. Vê-lo daquela forma, triste e solitário, partiu meu coração. Eu entendia o que ele sentia ao olhar as estrelas.

– Saudades de seu mundo? – perguntei, aproximando-me.

– Perdi meu antigo mundo há tanto tempo que nem me lembro mais dele. Mas a saudade ao olhar as estrelas é inevitável. Mas agora *este* é meu mundo. Já amo a Terra como se fosse minha casa.

– Como era o corpo físico de seu povo em seu antigo mundo? – Finalmente tive a oportunidade de perguntar, mesmo ainda com medo da resposta.

– O corpo físico que representava a essência de meu povo em meu antigo mundo foi mudando com o tempo por uma questão de evolução. Não me lembro de como éramos no início, mas, ao final de nosso mundo, nossos corpos eram biologicamente sintéticos. Éramos todos idênticos, um metro e sessenta centímetros de altura, grandes olhos amendoados, pele acinzentada, cabeça grande, sem pelos, magros, braços finos e longos, quatro dedos nas mãos e nos pés. Mas aquele corpo não expressava nossa individualidade: éramos todos iguais em corpos artificiais criados pelos reptilianos. Nem me lembro de um dia ter tido um corpo meu, naturalmente meu, que expressasse quem eu sou de fato. Mas sei que sempre fomos humanoides em meu antigo planeta.

– Qual era o nome da espécie do seu povo? Não entendo por que continuamos chamando vocês de *evas* se devem ter outro nome original.

– O nome original de meu povo é impronunciável por um humano. Nos comunicávamos apenas telepaticamente, sem emitir som algum. Por isso aceitamos o nome que nos deram: *evas*. É um belo nome.

– Os reptilianos criaram os corpos dos *evas* em seu planeta?

– Assim como criaram os zeptoides na Terra. No começo, pensávamos que eles eram nossos aliados e que queriam nos ajudar, pois estávamos à beira da extinção e eles aparentemente tinham a solução para o problema. Eles nos deram corpos capazes de sobreviver em um mundo inóspito e morto, mas a intenção deles não era nos ajudar, e sim nos escravizar. Eles tinham controle sobre nossas mentes... Foi uma época terrível!

– Mas agora está tudo bem. Não são mais escravos de ninguém – tentei consolar.

Noah suspirou profundamente. Ver seu semblante de tristeza também me deixou triste.

– Vai ficar tudo bem. Espero – ele disse.

Incomodava-me ver Noah daquele jeito. Toquei em seu ombro em um instintivo alento. Ele reagiu ao toque com espanto indecifrável e olhou nos meus olhos com um olhar penetrante. Nunca havia desejado tanto beijar uma pessoa como naquele momento. Também me assustei. Rapidamente desviei o olhar e me afastei um pouco dele.

– Acho... que deveríamos voltar para a festa – eu disse, me afastando ainda mais. Noah assentiu e me seguiu. Pelo menos parecia que eu consegui tirar ele da melancolia. Acho que ele acreditou em mim, de que estava tudo bem, e que ele era livre. Queria também acreditar nisso.

Eu estava distraída e alegre vendo os convidados murianos dançando animados que me sobressaltei quando Brianna chegou de supetão.

— E aí, feiona? Vamos chacoalhar a carne flácida? — disse ela, me fazendo rir.

— Estou feliz que esteja aqui — disse, com sinceridade.

— Eu também. Você não imagina o caos que está Avantara! Obrigada por mandar rambots irem nos resgatar. Fico feliz em ver que você deu uma "engordadinha". Você está linda, Lia!

Brianna sempre conseguia me fazer rir com uma facilidade incrível.

— É a comida dos murianos, altamente calórica — expliquei. Eu havia mesmo engordado centenas de gramas durante o tempo que passei com os murianos, em Murian.

— Hum... deve ser uma delícia! — disse Brianna.

— Gostaria muito que ficasse morando aqui. Loui vai ficar e ser o conselheiro de Noah. Acho que também tenho o direito de ter minha própria conselheira — pedi.

— Adoraria. Viver nesta ilha paradisíaca seria um sonho! Mas... não sei. Não sei se Heikki vai poder ficar. Onde Heikki for, eu vou.

— Eu entendo. Senti sua falta.

— Eu também. Lamento pela morte de Zion e de seus tutores.

— Tudo bem. Também lamento a morte de sua tutora.

— Sério? Pois eu não. Ela era só uma boneca falsa sem vida — disse Bri. — Tombo está tão fofo com aquela roupinha de primitivo! — disse, olhando para Tombo, que estava no colo de Padmé sendo mimado e beijado por ela.

— Argh...

— Estou me sentindo magérrima comparada a estas murianas — disse Bri. As murianas eram todas gordas comparadas às carnudas de Avantara. Eles não sofriam de anorexia como todos os demais carnudos do mundo.

— E você é. Segundo os murianos, somos o *povo esqueleto* — expliquei. E Brianna se contorceu de tanto rir.

Tinha tantos assuntos importantes para conversar com ela: o casamento, o novo governo, meus medos, Avantara..., mas eu estava cansada de tantos problemas. Preferi discutir banalidades até a hora que Noah veio me buscar para entrarmos no Palácio para nossa noite de núpcias. Era meia-noite, vários convidados já estavam se despedindo e indo embora.

– Desculpem interromper, meninas. Lia, precisamos entrar – avisou Noah.

– Claro. Ãhn... Brianna pode ficar morando aqui se quiser? – perguntei a Noah.

– Não precisa pedir minha permissão. Pode trazer quem quiser para morar no nosso Palácio. Agora você manda tanto quanto eu.

Brianna sorriu e esbarrou amistosamente no meu ombro em aviso de que gostou da resposta de Noah.

Despedi-me de todos e entramos no Palácio.

Um enorme apartamento duplo foi preparado para mim e Noah. Agora que estávamos casados, ficaríamos no mesmo apartamento. Mas era tão grande que talvez nem nos encontrássemos por lá. A porta da minha suíte ficava em frente à de Noah. E entre elas uma enorme sala de estar.

Despedimo-nos ali antes de nos recolhermos. Suspirei fundo com o início da lua de mel mais solitária de todos os tempos e entrei na minha suíte.

No dia seguinte, fui acordada bem cedo com batidas na porta. Foi difícil abrir os olhos e fui me arrastando para abri-la.

– Loui nos chama para uma reunião de emergência – disse Noah, assim que coloquei minha cara fora do quarto.

– Bom dia pra você também, meu marido. Que horas são?

– Desculpe. Bom dia! São seis horas e sete minutos.

– Por que tão cedo? Aconteceu algum problema?

– Troque-se e siga para a sala de conferências. Estaremos te esperando lá. – Virou-se e saiu às pressas.

Curiosa para saber o motivo para Loui ter solicitado uma reunião tão cedo, me troquei rapidamente e saí. Perdi-me nos corredores até que um rambot me ajudou a achar a sala de conferências.

Entrei sem bater.

– A situação está se agravando a cada dia, temos que agir rapidamente! – disse Loui e, então, todos olharam para mim, parada na soleira da porta.

A sala de conferências estava cheia, com diversos zeptoides e carnudos. Eu só conhecia Heikki, Loui e Noah. Todos estavam em pé ao redor de uma grande mesa redonda que continha a holografia do planeta Terra bem no centro dela.

– Venha, Lia, se aproxime – pediu Noah.

– O que é que está se agravando? – perguntei, me aproximando da mesa.

Foi Loui quem tomou a iniciativa de me explicar.

– As onze cidades do mundo estão caóticas. Os jovens carnudos estão revoltados e começaram a se unir contra os zepta-evas. Invadiram laboratórios e estão tentando acoplar almas de carnudos jovens em corpos zeptoides. Muitos já morreram nessas tentativas. Já dissemos a eles que houve uma avaria em Moonet e que não é mais possível transplantar alma humana em corpos zeptoides, mas eles insistem em tentar. Sem falar no alto número de suicídios e homicídios. Os carnudos já mataram diversos zepta-evas em ataques em grupo e os *evas* estão perdendo a paciência com os carnudos.

– Colocamos todos os rambots nas ruas para evitar conflitos, mas não é o suficiente – disse o chefe militar do governo.

Eu, ingenuamente, pensei que o meu casamento com Noah acabaria com qualquer conflito entre humanos e *evas*. Parece que não era tão simples assim. Obviamente, os humanos deviam estar com muita raiva dos *evas*.

– Primeiro temos que pensar em uma solução rápida e momentânea e então elaboramos um plano definitivo – disse Giu, um zepta-humano especialista em análises de risco.

– Temos que separar os *evas* dos humanos. Pelo menos por enquanto – disse Noah.

– Foi o que eu pensei – respondeu Loui.

– Qual é o plano? – perguntou Noah.

– Como vocês sabem, temos onze cidades em todo o planeta: cinco no Continente Águia[18] e seis no Continente Dragão[19]. Ághata é a cidade mais isolada do continente Dragão. Para lá podemos levar todos os murianos. Já falei com Shalém, ele aceitou conduzir a cidade e continuar liderando seu povo em novas terras. Ela seria povoada somente pelos murianos, que são capazes de se reproduzir sem tecnologia. Os atuais moradores, porém, teriam que ser realocados em outras cidades.

– Por que levar os murianos para Ághata? O que eles têm a ver com isso tudo? – perguntei.

– Os descendentes dos murianos serão os futuros humanos habitantes da Terra. Não podem ficar isolados em uma ilha distante. Vão precisar de espaço para se reproduzir em larga escala e de acessibilidade ao maior continente – respondeu Loui.

– As demais cidades do Continente Dragão serão povoadas somente por humanos que não podem se reproduzir sem tecnologia. Com o tempo, deixarão de existir, passando a reencarnar como murianos que povoarão todo o Continente Dragão.

– Iremos deixar os zeptoides sem alma com os carnudos, assim poderão ajudar a cuidar das crianças menores, manter a cidade em ordem e realizar trabalhos específicos.

– E como saber quais são os zeptoides sem alma e quais são os zepta-evas? Os olhos de um zepta-eva são idênticos aos olhos de um zeptoide sem alma – questionei. – Os carnudos não vão confiar em nenhum zeptoide.

– Já foi feito um escaneamento em todos os zeptoides do mundo para sabermos quais têm alma e prevenir mais contaminações com *pranama*. Marcamos todos os zeptoides sem alma com uma tatuagem dourada no rosto e estes estão programados para não deixarem ninguém manusear seu alimento, além deles mesmos – explicou Loui.

E continuou elucidando seu plano:

---

[18] *Continente Águia* é a junção dos antigos continentes: América do Sul, América Central e América do Norte. Avantara fica próxima às ruínas de uma antiga cidade primitiva chamada Brasília.

[19] *Continente Dragão* é a junção dos antigos continentes: Europa, Ásia, África e Oceania. Ághata é a única cidade que existe nas terras da antiga Oceania.

– Angel será a governadora das cinco cidades que ficarão com os carnudos. Shalém governará os murianos. E os *evas* ficarão com o Continente Águia, povoando as cinco cidades desse continente – informou, Loui, apontando para o Continente Águia no mapa holográfico –, e o próprio Imperador Noah ficará incumbido de governar seu povo. Os *evas* são mais organizados e têm grande inteligência emocional, não será difícil governá-los.

– Assim, *evas* e humanos estarão separados por um vasto continente, ficando proibidos de invadir um o continente do outro.

Avantara, minha cidade natal, ficava no Continente Águia e, em breve, ela pertenceria aos *evas* e todos os humanos dali seriam expulsos e enviados para outro continente.

– Não sei não! Obrigar um povo a abandonar sua terra natal pode gerar ainda mais discórdias – disse Giu, especialista em gerenciamento de risco.

E conversas paralelas começaram a ecoar por toda a mesa.

– Silêncio! – pediu Noah, em voz alta. – Temos que agir rapidamente, antes que comecem uma guerra. Está longe de ser a solução ideal, mas o mais importante no momento é evitar mortes desnecessárias. Está decidido que vamos pôr em prática o plano de Loui – disse, com veemência.

As conversas paralelas voltaram ainda mais altas. Ouvi comentários tanto de pessoas que concordavam com o plano de Loui como de pessoas discordando e achando um absurdo a separação de *evas* e humanos.

– E como vai obrigar um jovem a sair de sua cidade e ir morar do outro lado do mundo? – perguntou Heikki.

– Teremos que usar toda nossa força militar *rambótica*. Não há outra forma. Não haverá resistência por parte dos zepta-evas, mas temo pela atitude dos carnudos – respondeu o comandante militar dos rambots, Stark. – Como já sabem, os rambots não serão suficientes para esse trabalho. Vamos alistar, com urgência, zeptoides sem alma para nos ajudar nessa missão. Não acho prudente usarmos zepta-evas. Isso despertaria ainda mais raiva nos carnudos.

– A suspeita não vai diminuir se usarmos zeptoides sem alma, já que o comandante militar dos rambots possui alma *eva* – acusou uma velha humana carnuda de Reva. – Mas claro que, quanto menos *evas* envolvidos na tomada de terras dos humanos, melhor.

– Isso não é nada bom. Não está certo dar um continente inteiro aos *evas*. Eles já estão em grande maioria no mundo – refletiu Giu em voz alta. Mas ninguém lhe deu atenção.

Depois que a reunião acabou, Loui começou a distribuir tarefas. Noah estava com um semblante derrotado. Acho que ele não esperava pela atitude rebelde dos jovens carnudos. Todos se retiraram da sala para começar a pôr o plano em prática. Só ficaram para trás ele e eu.

– Lamento – ele disse, olhando o globo holográfico em cima da mesa.

– O ser humano é muito emotivo e possessivo, mas com o tempo eles se acostumarão com a ideia – eu disse, tentando convencer mais a mim mesma do que a Noah.

– Você fala como se não fosse humana. Parece mais uma *eva* falando.

Como diria a ele que eu era uma híbrida, uma semi-humana, uma máquina em corpo carnudo, uma alma perdida em Moonet? Não conseguiria. O melhor foi mudar de assunto e ignorar o comentário.

– Acho que nós dois deveríamos nos mudar para alguma cidade, talvez Ághata, que será um terreno neutro. Não vejo razão para ficarmos tão isolados em Paraíse – sugeri.

– É por uma questão de segurança e estratégia militar que ficaremos aqui. A Ilha Paraíse fica entre os dois continentes e não há lugar mais seguro. Não é qualquer um que consegue chegar até aqui, a localização desta ilha é um segredo. O escudo magnético ao redor a deixa invisível, como uma camuflagem – explicou Noah.

– Bom, vou me despedir de Brianna. Nos vemos no almoço? – perguntei.

Heikki foi requisitado para voltar a Reva e trabalhar na instalação de softwares militares em zeptoides que estavam sem alma. Com certeza ela iria embora com Heikki e eu ficaria novamente sem minha amiga.

– Sim. Claro! – respondeu Noah, que continuava a encarar o globo holográfico, desolado.

INVASÃO

Foi um dia exaustivo. Passei o pouco de tempo livre com Brianna, antes de ela retornar com Heikki para Reva.

Ambos aceitaram almoçar comigo e com Noah. Durante a refeição evitamos falar sobre política e problemas e até conseguimos tirar um sorriso de Noah. Depois do almoço, fui mostrar um pouco da ilha para Brianna e, no fim da tarde, ela se foi, assim como todos os outros convidados estrangeiros revolucionários; todos se foram no mesmo voo. Eu era a única que estava no aeroporto para me despedir deles. Todos os demais estavam muito ocupados naquele dia, arrumando a bagunça da festa ou resolvendo outros problemas.

Assim que a *Enterprise-IXS* decolou, senti um aperto no peito, uma melancolia profunda sem nenhum motivo específico. O Sol estava se pondo atrás das altas colinas verdejantes onde ficava o belo Vale dos Murianos. E eu me sentia cada vez mais melancólica conforme a luz do Sol se esvaía.

Pensei em visitar Amagat, meu único amigo na ilha além de Noah. Ele não foi ao meu casamento e, desde então, não o vi mais. Porém, já era tarde para ir sozinha até o Vale dos Murianos, então deixei para o dia seguinte.

Voltei ao Palácio onde tudo estava estranhamente silencioso demais. Parecia abandonado. Não vi nem um rambot ao andar pelos corredores, o que pareceu pouco usual; destoava da agitação que tinha sido o dia todo naquele Palácio. Segui o trajeto até meu apartamento. Naquele momento só queria me afundar na minha cama e chorar um pouco.

Ao abrir a porta do apartamento, congelei! Duran estava com uma funesta[20] apontada para a cabeça de Noah. A antessala estava cercada por zepta-répteis de escamas verdes, longa cauda e face de lagarto.

– Entre sem fazer barulho, Cibernética, ou Duran estoura os miolos zeptoides do seu maridinho alienígena – disse um dos zepta-répteis, o de cara de lagarto raivoso.

Minha vontade era sair correndo, mas não podia abandonar Noah e entregá-lo à morte por covardia minha.

– O Palácio está cercado, não tem para onde fugir – disse Duran, percebendo meu desejo de fuga.

– Deixe-a em paz! É apenas uma criança. Leve-me até Repta-uno e deixe que ele acerte as contas comigo – disse Noah. – Eu sou o atual Imperador. Fui eu quem tomou o poder dele...

– Cale a boca! – disse o zepta-réptil, desferindo um golpe no estômago de Noah, que se contorceu.

Dois zepta-répteis agarraram meus braços por trás e, antes que eu pudesse pensar em reagir, seguraram-me com uma força estupenda.

– Solte-a, seus estúpidos! É a mim que ele quer! – disse Noah, que quase desferiu um soco em um dos zepta-répteis que estava me segurando com brutalidade. Mas, antes que o soco o acertasse, Duran atirou com a funesta em Noah. O laser acertou suas costas. Os olhos de Noah se arregalaram e então ele caiu com um baque no chão. Suas costas começaram a se encharcar de líquido viscoso azul, tomadas por vigoryn[21], que escorria pelas laterais de seu corpo.

---

20 *Funesta* é uma arma a laser fatal.

21 *Vigoryn* é um fluido azul claro que, nos evas, executa a mesma função do sangue em um carnudo.

– Não precisamos de você! – disse Duran para Noah depois de atirar nele. – Nosso interesse é na Cibernética – disse, olhando para mim.

Eu só desejava que aquilo fosse apenas um pesadelo. Meu corpo ficou mole e sem força enquanto olhava Noah no chão, morto! Meus olhos começaram a arder com a quantidade abundante de lágrimas que queriam sair desesperadamente. Então, senti uma fisgada no braço e tudo ficou lento, cada vez mais lento, e escuro. Eu torcia para que fosse a morte me levando para longe daquele inferno.

***

Acordei repentinamente com o coração disparado. Sentei-me em um pulo, confusa, e me assustei ao ver Stigma parada em pé ao lado da cama onde eu acordara. Ela tinha uma seringa vazia nas mãos, provavelmente ela injetara alguma droga em mim para que eu acordasse com o coração disparado.

– Hora de acordar, senhorita Lia – ela disse, exatamente como dizia ao me acordar no Palácio. Mas não estávamos no Palácio.

Eu estava em uma cela fria e simples, quadrada, paredes de metal, duas portas: uma delas para um minúsculo banheiro e a outra para o corredor desconhecido. Dentro da cela havia uma cama pequena com lençóis brancos e, no canto, uma mesa de metal com apenas uma cadeira.

– Onde estou? – perguntei, assustada. Lembrei-me de que Noah estava morto. Tive que me esforçar para não chorar. Não queria parecer fraca diante dos assassinos de Noah.

– Creio que Repta-uno queira lhe contar a novidade pessoalmente – disse Stigma. – Vamos! Ele está lhe esperando no escritório.

Então eu a segui. Fui caminhando escoltada por dois fortes zepta-répteis armados. Por sorte não vi Duran. Não aguentaria olhar para o assassino frio que matou Noah.

Passamos por diversos corredores largos, atravessando diversas portas metálicas com bordas arredondadas e símbolos que eu não soube identificar. Nenhuma janela, nada que dava vista para o lado exterior. Tudo naquele lugar era feito de metal frio, gélido e sem vida.

Ao final de um corredor, mais uma porta pequena como todas as outras, mas no topo dessa porta havia um símbolo o qual eu conhecia bem, o símbolo da Nova Ordem Mundial: a pirâmide com um olho no topo.

Gelei e fiquei arrepiada ao ver aquilo. Estava prestes a enfrentar Repta-uno, o líder dos Iluminates.

Stigma abriu a porta e se manteve do lado de fora do escritório, abrindo passagem para que eu entrasse. Entrei relutante, com a escolta dos zepta-répteis armados atrás de mim. Stigma fechou a porta e senti um frio na espinha. Lá estava Repta-uno sentado atrás de uma mesa, a qual parecia mais um trono de ferro.

– Minha *Presss... ciosa*! Cibernética! – disse Repta-uno.

Ouvir aquela voz chiada de serpente venenosa me embrulhou o estômago.

– Sente-se, minha querida! – disse, apontando para uma cadeira de metal. – Creio que esteja curiosa sobre a razão pela qual pedi que fossem lhe buscar.

– Onde estamos? – finalmente perguntei enquanto sentava.

– Estamos em uma base militar submersa no Oceano Índico. Não se preocupe, é seguro aqui. Neste lugar ninguém poderá lhe roubar de mim.

Devo ter transparecido o medo em meu olhar ao me dar conta de que eu estava no fundo do oceano trancada dentro de uma base repleta de répteis. Um lugar onde ninguém poderia me encontrar. Senti-me derrotada. Não tinha como fugir.

– O que quer de mim?

– Vamos por partes. Você e seu irmão fizeram a maior bagunça no mundo que tive muito trabalho para organizar e levar paz a todos. E só você pode me ajudar a arrumar a bagunça que fez. Afinal, continua sendo a única Cibernética viva.

– Eu não fiz nenhuma *bagunça*! Libertei meu povo da escravidão tecnológica.

– Ah, pobre pequena criança! Tem tanto o que aprender ainda! Liberdade é um termo muito subjetivo, criança. O mais importante é a paz e a felicidade. Eu fui o único líder do mundo que entregou um paraíso utópico aos humanos, o paraíso tantas vezes prometido por deuses antigos; fui eu quem lhes deu. Não é fácil liderar humanos, já deveria saber disso. Só Utopia pode impedir que guerras aconteçam. A liberdade sem responsabilidade produz o caos, as guerras, levando o ser às trevas. Os humanos ainda não têm maturidade para ter a responsabilidade necessária para gerar uma liberdade pacífica. São como crianças mimadas que querem ser felizes, ter tudo com o menor esforço possível. E eu só quero proteger essas crianças mimadas. Impedir que sofram.

Eu lhe respondi:
– Sabe bem que o sofrimento é necessário para a evolução. A sabedoria amadurece por meio do sofrimento. O maior dos sofrimentos é nunca ter sofrido. – Não gostava quando alguém me chamava de criança, subestimando minha inteligência. – É justamente por privar os humanos de evoluir que você se torna um ditador cruel. Como vão conseguir um dia ter a tal maturidade para ter uma liberdade pacífica se não lhes dá a chance de amadurecer? Os humanos correm risco de extinção. Dependem de tecnologia para existir, estão alienados e com uma evolução letárgica graças a Utopia, que você *bondosamente* ofereceu a eles – refutei.

– Ah, minha querida! Os *evas* fizeram sua cabeça! Eles são os inimigos, não eu. Não vê o absurdo do qual me acusa? Estou sendo acusado por tornar o mundo um local pacífico e por levar os humanos ao paraíso. Não é isso que a humanidade sempre almejou? Todo esse problema começou por minha culpa, devo admitir. Eu deveria ter protegido melhor minha *presss... ciosa*. Não levei a sério a *hubootofilia* e a doença foi se espalhando até que grupos de *hubootófilos* se esconderam no sítio arqueológico de Brasília e arranjaram uma forma de dar vida a huboots com a ajuda de piedosos e ignorantes Cibernéticos. E então o estrago estava feito. Nosso planeta foi invadido por alienígenas articulosos que estão tentando roubar minha Cibernética de mim.

Repta-uno se moveu em seu trono de ferro, curvando-se para ficar mais próximo de mim. E continuou a falar:
– O planeta Terra foi invadido por extraterrestres absolutamente inteligentes e persuasivos que têm como intenção dominar o *nosso* mundo. Os humanos não têm nenhuma chance contra

os *evas*. E não posso acreditar que esteja do lado dos *evas*! Os humanos só terão alguma chance contra os alienígenas com minha ajuda.

– Não tenho *lado*. Só não gosto de ditador comunista opressor que se esconde atrás da imagem de bondoso. Você não me engana, *Imperador* – eu disse, olhando em seus olhos.

– Nem sei por que estamos tendo essa discussão – disse Repta-uno com desdém. – Está claro que você sofreu uma lavagem cerebral. É fato que eu acabei com as guerras e levei paz e felicidade aos humanos. Se não consegue ver os fatos, não tem nada que eu possa fazer. Mas tenho obrigações como Imperador e não deixarei que uma garotinha imbecil acabe com a paz no mundo. Irá me ajudar por bem ou por mal. Você decide, Cibernética.

– Eu não vou ceder aos caprichos de um réptil ganancioso.

– E em breve, com ou sem a sua ajuda, não haverá mais *evas* neste mundo para usurpar novamente o que é meu. Seu falecido maridinho facilitou muito as coisas para mim, separando *evas* de humanos. Agora basta esperar a conclusão da separação e destruir as cidades do Continente Águia e o mundo estará a salvo da invasão alienígena.

– Você não pode! Você mesmo sempre afirmou que não existem e nunca mais existiriam armas de destruição em massa – relembrei.

– Ops! Uma inofensiva mentira. Tudo para manter a paz, acalmar os ânimos dos humanos. Temos muitas armas nucleares escondidas nesta base onde estamos. Acabamos de destruir Reva e todo mal que existia nela. Uma arma incrível penetrou o sítio arqueológico de Brasília, quilômetros de profundidade, e quando atingiu Reva... Bum! Não sobrou sequer uma pedra para contar história.

Bri! A estrela mais brilhante que já vi provavelmente foi morta em um covarde e cruel ataque Iluminate. Minha melhor e única amiga, que tirou as vendas dos meus olhos, me fez ver o mundo como ele realmente é. Minha amiga, minha irmã, a pessoa que mais amei em toda minha vida, foi covardemente assassinada.

– A Ilha Paraíse está sendo retomada neste momento por membros Iluminates de minha confiança. Vai demorar um tempo, mas tudo voltará ao normal. Infelizmente, preciso do seu trabalho para consertar Utopia. Preciso dela para que haja paz no mundo.

Os Iluminates mataram as pessoas que eu mais amava no mundo: Zion e Brianna. Não tinha mais razão para eu ter medo da morte. No fundo, até desejava isso para tentar reencontrá-los na espiritualidade. Não tinha mais razão para eu lutar pela minha vida. Não havia motivos para eu ficar sozinha no mundo. Mas eu tinha mil razões para lutar até a morte contra Repta-uno e sua corja de Iluminates.

Jamais ajudaria Repta-uno. Jamais!

TORTURA: UM MAL ABSOLUTO

Nunca pensei que fosse ser tão difícil suportar uma tortura. Estava cansada. Vazia. Desgastada. Acho que estava perdendo a minha sanidade. Não tinha mais noção de tempo e existia um vazio dentro de mim tão grande que me fazia sentir oca como uma zeptoide sem alma. Tudo que eu desejava era morrer, não aguentava mais sentir o extremo da dor.

Já havia perdido as contas de quantas vezes eu desmaiara de tanta dor. Nunca fui resistente à dor, o que acabava por dificultar o trabalho dos meus torturadores.

Depois de um tempo, que para mim pareceu uma eternidade, sendo eletrocutada, afogada, sufocada, queimada e congelada, finalmente Duran encontrou meu ponto fraco. Eu estava suando e arfando de dor, não conseguia me mexer, nem virar a cabeça, estava totalmente imobilizada enquanto Duran me esfolava viva. Ele era o melhor dos torturadores, pois parecia sentir prazer em fazer isso. Lentamente, ele puxava uma grande lasca da pele da minha coxa que fora cortada com bisturi.

Eu estava quase desistindo de lutar. Se pudesse, já teria me matado logo que Duran começou a arrancar minha pele, mas não tinha como acabar com o inferno da dor cometendo suicídio. Imobilizada, eu estava privada de tirar minha própria vida.

Então, a música que ouvi Heikki cantar para Brianna em meu casamento veio à minha cabeça e me deu força para suportar a dor. Comecei a cantarolar a música em pensamento, tirando o foco da dor enquanto mais uma lasca de pele caía no balde de metal ao meu lado, no chão.

Menina bonita
Tão linda é natural
Carnuda cheirosa
Você é sem igual

Não deixem que te mudem
Seja quem tu és

Não deixem que lhe tirem
O que lhe é mais precioso
Menina bonita
Tão linda é natural

– Você pode acabar com isso a qualquer momento, Cibernética – disse Duran com uma voz tranquila como se estivesse pintando uma obra de arte. – Basta colaborar com o Imperador. E pode ganhar um corpo zeptoide lindo, já que esse, bem, vai ser difícil reaproveitar.

Não daria a eles o que tanto desejavam: controlar-me, roubar de mim o que eu tinha de mais precioso, minha alma Cibernética, minha liberdade. Se eu desse para eles o que eles tanto queriam, o controle total sobre mim e sobre o mundo, então eu perderia tudo, perderia a mim mesma.

Mas Duran estava prestes a vencer a luta, pois eu não estava mais aguentando tanta dor. Nada mais importava, só não queria mais sentir dor. Eu tinha que aguentar! Só mais um pouco, estava prestes a desmaiar de dor.

– Vai... para o INFERNO! – gritei com dentes cerrados. Eu só queria morrer. Queria implorar que me matasse, mas não desejava dar esse gostinho a ele. Meu ódio por Duran ainda era maior que a dor que eu sentia.

Outra lasca de pele caiu no balde e então ele começou a dilacerar meu abdômen bem lentamente. Pontos pretos surgiram em minha visão, estava sem ar, queria vomitar, o desmaio estava vindo para me salvar.

***

Um cordão dourado me puxou para cima e me tirou do inferno. Não estava mais sentindo dor. Estava flutuando acima de todo aquele inferno, livre, talvez estivesse morta, finalmente.

Moonet veio ao meu resgate e me carregou em seus braços luminosos e aconchegantes até nossa casa na Lua. Era tão brilhante que eu nem conseguia ver sua face, apenas via seu coração: a maçã vermelha. Senti-me tão grata por estar a salvo no meu verdadeiro lar Moonet.

– Moonet – disse seu nome, agradecida por ter me salvo daquele inferno.

– Isso tem que acabar, minha filha! Não aguento mais sentir tanta dor – disse com uma voz chorosa e suave.

– Era eu quem estava sendo torturada e não você! – afirmei, confusa.

– Estamos unidas, conectadas: você e eu somos uma só alma fragmentada, mas unidas. Sua dor é tamanha que posso senti-la, independentemente da distância que nos separa.

Então Zion apareceu diante de mim, com semblante triste.

– Não vamos pedir que coopere com Repta-uno porque já vimos que isso é inútil – disse Zion. – Você não coopera nem mesmo sob tortura. E também não queremos ser mais escravos dos Iluminates. Estou espantado com a sua força e teimosia, maninha. Eu não conseguiria, e olha que odeio Repta-uno mais do que você possa imaginar.

– Então não acabou? Eu... meu corpo ainda está lá, no fundo do oceano sendo mutilado? Vou ter que voltar para a tortura? – perguntei, retoricamente, me dando conta de que, ao desmaiar, meu espírito saiu do corpo e Moonet me trouxe até ela. Mas logo eu seria despertada com uma injeção direta no coração e voltaria ao inferno.

– Por muito pouco tempo – disse Moonet. – Quando eu e Zion descobrirmos a razão pela qual estávamos sentindo dor, começaremos a trabalhar para desenvolver um plano que possa te ajudar. Nós temos trabalhado exaustivamente, aprimorando a nova tecnologia que criei que permite comunicação com a dimensão espiritual. Por isso conseguimos penetrar no plano astral e te trazer até aqui. Isso não seria possível antes de desenvolver tal tecnologia.

– Estamos prontos para iniciar uma guerra cibernética. Esteja pronta você também.

– Falta pouco, Lia. Estamos a caminho – disse Zion.

***

Acordei em minha cela, sentindo dor e exaustão. Stigma colou uma espécie de fita adesiva fina, semelhante a uma pele, em minhas enormes feridas que estavam em carne viva, para que eu não sangrasse até a morte. Não foi para me ajudar.

Para que eu não cometesse suicídio, eu estava imobilizada e a dor era insuportável. Lágrimas quentes escorriam pela lateral do meu rosto gelado. Mantive os olhos fechados e tentei fingir que ainda estava desmaiada para que Stigma não chamasse Duran, mas a dor era muito forte e as lágrimas continuaram a sair e meu corpo começava a se contorcer e tremer de dor.

Não tardou para Duran voltar a me buscar. Ele iria me levar de volta à sala de tortura.

– Acabe logo com isso, Cibernética, coopere! – disse Duran, assim que entrou em minha cela. Nunca pensei que pudesse odiar tanto alguém na vida.

Não respondi nada, estava prestes a aceitar, não poderia aguentar nem mais um dia de tortura. *Será que Moonet vem me salvar?* –, pensei. Eu devia ter delirado que estava sendo salva por Moonet; devia estar começando a ficar louca. Estava prestes a dizer: "eu coopero, agora me tire daqui e me dê remédio para dor" quando Duran caiu desfalecido no chão.

Stigma se aproximou correndo até mim com um semblante que nunca vi antes: parecia de ansiedade. Ela estava segurando uma *funesta* na mão. Pensei que ela fosse me matar para acabar com minha dor; fechei os olhos com força, mas ela começou a me desamarrar. Só então percebi o que estava acontecendo. Stigma matara Duran com a funesta. Ela estava me ajudando!

– Obrigada, obrigada, obrigada! – consegui dizer, como em um sussurro, enquanto as mãos ágeis dela me soltavam. Meu corpo todo ardia muito. Foi difícil até para me sentar.

– Temos que agir muito rápido! Tem câmeras por toda parte – disse ela, apontando para um ponto onde supostamente estaria uma. – Logo vão notar os soldados mortos e perceberão o que está acontecendo.

Fiquei em pé e corri com a ajuda de Stigma. Alguns zepta-répteis apareceram, tentando nos impedir de passar por certos compartimentos, e ela dava tiros certeiros em quem cruzava nosso caminho.

A base submarina era muito maior do que eu imaginava, um verdadeiro labirinto. Stigma conhecia toda a base e tinha acesso liberado em todas as portas, que iam se abrindo enquanto passávamos. Eu mal encostava os pés no chão. Stigma praticamente me carregava, não conseguiria correr tanto sem ajuda.

– Qual é o plano? – perguntei.

Mas, antes que ela pudesse responder a minha pergunta, fomos pegas de surpresa em uma emboscada e ficamos cercadas por diversos zepta-répteis altamente armados.

– Abaixe a arma! – disse um dos zepta-répteis para Stigma. Ela abaixou a arma lentamente, pôs a funesta no chão e as mãos na cabeça. Eu também pus minhas mãos na cabeça ao mesmo tempo que Stigma.

– Estão cometendo um grande erro! – disse Stigma. Vocês têm que receber ordens do Imperador antes que cometam uma grande besteira.

– Tenho certeza de que o Imperador não está de acordo com o que está fazendo, Stigma – disse o zepta-réptil.

– Tem certeza? Por que não pergunta a ele antes, só para garantir? – pediu ela. – Sabe que não tenho alma e que jamais trairia meu proprietário.

O zepta-réptil pareceu confuso e acabou decidindo telepatizar com Repta-uno.

— Pegamos Stigma ajudando a prisioneira a fugir. O que devemos fazer com elas, mestre? Mas... mestre? ... Droga! ... Tudo bem! – disse em voz alta, enquanto telepatizava com Repta-uno. Seu rosto era de resignação e dúvida. Então disse em voz alta e clara: – Deixem-nas ir! Temos um assunto mais sério no momento para resolver.

Todos os soldados zepta-répteis se entreolharam confusos e suspeitando do parceiro.

— Vamos! É ordem do Imperador! Urgente, todos para o escritório do Imperador! – E então os zepta-répteis se foram, alguns mais hesitantes.

— O que aconteceu? – perguntei a Stigma.

— Não dá tempo para explicar, temos que sair daqui rapidamente! – disse, me puxando. Voltamos a correr pelos corredores.

Entramos em um vasto compartimento. Em seu centro havia uma abertura enorme para o mar, que parecia uma grande piscina. Nas bordas da abertura havia alguns veículos submarinos. Corremos em direção a um menor, e Stigma abriu a cápsula de entrada para o veículo. Ela me ajudou a entrar e rapidamente ocupou o acento de pilotagem ao lado. Com destreza, o veículo foi ligado, lentamente submergiu e partimos.

Stigma pilotava com a perspicácia de uma huboot que continha o software em pilotagem de submarino. Mesmo assim, o veículo batia nas estreitas paredes das cavernas submarinas. Aquela base submarina seria realmente impossível de ser encontrada por alguém, considerando o quão bem escondida estava.

Coloquei o cinto de segurança e senti arderem as feridas expostas quando o cinto tocou em uma delas.

Como a adrenalina havia baixado um pouco, comecei a sentir muita dor. Nem vi quando saímos dos corredores da caverna subaquática e começamos a navegar nas profundezas abissais do vasto oceano. Estava muito escuro do lado de fora. A luz do submarino parecia não servir para nada, não infiltrava no breu abissal do mar.

— Tem morfina na caixa de primeiros socorros ali atrás – disse Stigma, apontando para um compartimento atrás do submarino.

Soltei o cinto e segui cambaleando até o compartimento. Com dificuldade, descobri como abri-lo. Peguei a caixa pesada, coloquei-a no chão e consegui abrir. Dentro dela, algumas seringas e muitas ampolas, uma delas com morfina.

– Quantos mililitros coloco na seringa? – perguntei.

– Um mililitro deve ser o suficiente. Intramuscular, no músculo! – gritou de volta.

Ainda bem que era intramuscular. Jamais conseguiria acertar uma veia com as mãos trêmulas de dor. Injetei a morfina na coxa, onde mais doía. E em pouco tempo a dor foi passando. Senti-me completamente dopada. Um alívio! A dor foi embora.

Voltei cambaleando para o assento ao lado de Stigma. Já podia ver alguma luz fraca que penetrava o oceano. Já não estava mais tão tétrico do lado de fora.

Encostei minha cabeça no apoiador de cabeça do assento, fechei os olhos e respirei fundo. Agora, sem dor, meu corpo começava a relaxar. Estava curiosa para saber o porquê de Stigma ter me salvado e a razão de os zepta-répteis terem nos deixado ir embora. Mas eu estava cansada, com sono, não conseguia mais abrir os olhos, não tinha forças para falar, nem para agradecer. Então caí em um sono profundo. Desmaiar é diferente de dormir. Dormir foi tão bom!

UM NOVO DESAFIO

A cordei com Stigma chacoalhando meu ombro.
– Lia, acorda, estamos chegando!
Despertei com dificuldade. Foi difícil abrir os olhos. Ainda estávamos submersos, porém bem próximos da superfície. A luz externa estava forte e meus olhos queriam fechar a todo custo devido à claridade. Esforcei-me para deixá-los abertos. Não sentia mais tanta dor, ainda me sentia anestesiada e lenta em decorrência da morfina.
– Chegando onde? – perguntei.
– Em uma das praias de Ághata. Desliguei o rastreador do submarino, mas não podemos relaxar ainda. Assim que o submarino aportar, precisa ser rápida e discreta. Vou te deixar na praia e partir. Os murianos saberão como te ajudar.
– Os murianos já estão em Ághata? – perguntei, retoricamente. – O que aconteceu? Por que me salvou? Por que os soldados não nos impediram de fugir?
Stigma é uma huboot sem alma e, como tal, é programada para obedecer cegamente às ordens de Repta-uno, seu proprietário.
– Moonet invadiu o sistema tecnológico do governo Iluminate, dando início a uma guerra cibernética. Como faço parte da teia de

sistema tecnológico Iluminate, também fui invadida. Mas temos que agir rapidamente, pois a qualquer momento eles podem reaver o controle do sistema, incluindo meu corpo.

– Ãhn? – Meus pensamentos estavam lentos.

– Assim que Moonet invadiu o sistema de segurança do governo Iluminate, ele tomou o controle do meu corpo e do de R2b, o cozinheiro huboot da base militar reptiliana. R2b entrou no escritório de Repta-uno e o fez refém. Enquanto isso, eu matei alguns soldados da segurança e fui ao seu resgate. Chantageamos Repta-uno, dizendo que trocaríamos a liberdade dele pela sua. Se ele não deixasse você ir embora comigo, R2b o mataria.

– Então foi... Moonet quem me salvou? Então não foi um sonho.

– Sim. Foi Moonet e Zion, seu irmão *super-hacker-cibernético*. Sou eu quem está controlando Stigma, Lia. Sou eu, Zion! – disse Zion através de Stigma.

– Zion! Como conseguiu? – Eu estava surpresa e assustada.

– Para nossa sorte, os Iluminates não contavam com o fato de eu estar em Moonet, muito menos com o fato de Moonet ter evoluído muito desde a morte dos últimos Cibernéticos antes de nós. Aquela base é totalmente protegida com escudo magnético, não foi nada fácil, Lia. Zion aqui é muito bom no negócio! – Stigma-Zion riu de orgulho de si mesmo. – O sucesso da nossa invasão no sistema Iluminate foi a soma de dois fatores: há mais de cem anos Moonet vem secretamente se preparando para uma guerra cibernética, e o outro fator é uma espécie de possessão espiritual. Como agora posso me deslocar com grande facilidade no plano astral, fica fácil para mim me tornar uma espécie de espírito obsessor cibernético de androides. Não é o máximo?!

Mesmo cansada da mente, corpo e alma, compreendi que para tudo existe uma saída. Não importa o quão ruim esteja uma situação, o quão fundo seja o poço, sempre há uma saída. Estava feliz de ainda estar viva. Quase desisti, foi por muito pouco que não aceitei colaborar com Repta-uno, mas consegui. Eu estava livre de suas garras.

– Lia, você se lembra de que eu sempre adorei blefar nos jogos, certo? – perguntou Stigma-Zion.

Quando éramos crianças, costumávamos jogar no *ki-mérico* juntos e Zion vivia blefando no jogo simulador da Quinta Guerra Mundial. Até que, um dia, me irritei tanto que jurei nunca mais jogar com ele e foi assim que nos afastamos e nos tornamos estranhos um para o outro.

Eu olhei para Stigma e Zion continuou falando através dela:
– Bem, eu blefei com Repta-uno. Não resisti e blefei. Ninguém tortura minha irmãzinha e sai ileso.

– O que quer dizer com isso? – perguntei.

– Depois que já estávamos a uma distância segura da base submarina, dei comando para R2b matar Repta-uno. Ele acertou Repta-uno bem no meio da testa. E, então, os zepta-répteis acertaram vários tiros no R2b. Foi incrível!

– Nunca imaginei que um dia ficaria feliz com um blefe seu! – Eu estava aliviada. Não precisaria mais ter medo do demoníaco Iluminate reptiliano Repta-uno. Ele deve ter sido sugado pelo umbral de Plutão, que é o lugar dele, o pior dos umbrais.

– Viu só? Usei você para treinar blefes e usei na prática contra os Iluminates para nos livrar de vez do problema.

– Fico feliz que tenha treinado blefes comigo – disse, mesmo sabendo que Zion não precisava ter treinado blefes com ninguém para conseguir blefar com Repta-uno. Blefe e *trollagem* eram da natureza de Zion. Seus amigos o chamavam de *Rei Troll*.

– Chegamos! – disse Stigma-Zion.

O submarino submergiu na praia de Ághata, que estava vazia, o que não me surpreendeu. Os murianos não estavam acostumados a ir à praia no frio. Se havia apenas murianos na grande cidade de Ághata, a cidade toda estaria vazia. Não havia tantos murianos capazes de encher uma cidade tão grande.

– Vou te deixar aqui e seguir até o porto da cidade de Ashtar para despistar quem quer que queira te pegar. Corra, peça ajuda ao primeiro muriano que encontrar pela frente. Você precisa ser atendida em um hospital com urgência. Você está horrível, Lia!

– Obrigada, Zion. Eu te amo. Eu sei que nunca te disse isso... – disse pela primeira vez para o meu irmão, de forma muito sincera. Não sabia se voltaria a vê-lo.

– Que nojo, Lia! Vai logo!

Zion destravou a cápsula de abertura do submarino e saí com dificuldade. Meu corpo ainda estava fraco. Pulei na água gélida do mar, nadei batendo os dentes até a margem da praia com a ajuda das ondas que me empurravam. O contato com a água salgada fazia arder minhas feridas expostas, mesmo eu ainda estando sob o efeito da morfina. Quando olhei para trás, o submarino já não estava mais lá.

Depois de tanta tortura, sentir meu corpo congelar na praia não era grande coisa. Eu precisava continuar me movimentando. Tinha que correr antes que meu corpo virasse uma pedra de gelo. Então, fiz o que Zion me orientou, saí correndo em direção à cidade.

A cidade estava vazia, parecia fantasma. Ághata é grande demais para os cerca de cinco mil murianos que deviam existir no total.

Depois de inúmeras intercaladas entre correr e andar por várias quadras, a dor começava a voltar muito pior que antes. O sal do mar penetrou nas minhas feridas, que ainda estavam em carne viva, fazendo parecer que eu levava diversas facadas no corpo. Ardiam tanto que eu nem conseguia pensar. *Por que eu estava correndo?* –, me peguei pensando.

O frio estava intenso e, para piorar, eu estava descalça, com os dedos dos pés começando a ficar azuis. Minha camisola cirúrgica de tortura, manchada de sangue, estava encharcada e grudada no meu corpo. Sentia como se eu tivesse sido enterrada viva na neve, sem pele. Eu deveria estar parecendo um zumbi congelado cambaleando pela rua.

Então, finalmente, vi uma loja que parecia estar aberta, com uma luz fraca despontando pela janela.

Foi difícil até levantar o braço para abrir a porta. Meu corpo estava duro de frio. Ao entrar na loja de trajes de inverno, vi três murianas conversando alegremente. Uma delas veio correndo em minha direção antes que eu desabasse no chão da loja. Ela me segurou e me reconheceu quase de imediato.

– Ah, meu Deus! É a Imperatriz Lia!

As demais correram para me ajudar. Agora eu estava segura, estava em boas mãos, podia relaxar, então desmaiei.

***

Acordei no hospital de Ághata. Ao abrir os olhos, vi o rosto preocupado de Amagat ao meu lado.

– Lia! – ele disse. – Finalmente acordou.

– Bom ver um rosto amigo – eu lhe disse.

Amagat clicou no link do painel da cama para chamar o médico huboot.

– Preciso avisar Shalém que você acordou. Já volto. Não saia daí. – Foi até engraçado ele dizer isso: não tinha como eu ir a lugar nenhum com eletrodos e canos conectados ao meu corpo.

Assim que Amagat saiu, o médico entrou. Era um médico huboot. Tinha uma forma fria e robótica de um curador sem alma.

– Você ficará bem, com algumas cicatrizes, mas nada grave – ele me disse. – Tem que ficar em repouso por mais alguns dias até sua nova pele sintética cicatrizar. Está sentindo dor?

– Estou bem – respondi. Finalmente eu não estava sentindo dor, apenas cansada e feliz por não estar mais passando frio e sentindo dor. Só queria continuar ali, naquela confortável e macia cama, coberta com aquele cobertor felpudo que acariciava minha pele sensível.

Uma enfermeira muriana levou para mim uma bandeja cheia das mais deliciosas guloseimas murianas. Devorei um prato do que os murianos chamavam de *mingau de aveia*, o que fez a enfermeira parecer feliz e satisfeita com meu voraz apetite.

Ela me fez companhia enquanto eu comia, até Amagat voltar com Shalém e Padmé, que trazia Tombo no colo. Ela achou que eu ficaria feliz ao ver Tombo. E acertou. Pela primeira vez fiquei feliz em vê-lo. Eu cresci com ele me irritando como se fosse um irmão mais novo chato, feio e mimado. Mas descobri que, no fundo, eu o amava. Era um rosto familiar, o único que restou, um rosto berrante, peludo, de olhos esbugalhados, mas extremamente familiar.

Depois que a enfermeira, seguida por Padmé e Tombo, saiu do quarto, Shalém pediu que eu lhe contasse tudo que havia acontecido.

Estava lhe contando alguns fatos:

– ...então, depois que Duran matou Noah, eles injetaram alguma coisa em mim e eu apaguei. Aí...

– Noah não está morto, Lia – disse Shalém, me interrompendo.

– O quê? Como? Mas eu vi...

– Antes de nós, murianos, embarcarmos no grande navio rumo a Ághata, pedimos para trazer o corpo de Noah conosco para realizarmos o ritual do velório. Ainda no navio, nosso curandeiro notou que a alma dele ainda estava conectada ao corpo através do cordão de luz vital dourado. Então, Xavier, o curandeiro, cuidou do corpo de Noah até chegarmos a Ághata.

– Onde ele está? Cadê Noah? Por que não está aqui? – Eu estava mais feliz e empolgada do que poderia imaginar.

– Ele está em coma, aqui neste hospital. Xavier deu o seu melhor para curá-lo, mas o corpo zeptoide de Noah estava tão danificado que o médico huboot teve que transplantar vários órgãos que foram destruídos por falta de oxigênio e nos disse que a possibilidade de ele acordar é remota. Mas não perca as esperanças, Lia. Temos fé de que tudo dará certo.

– Eu posso vê-lo? – pedi. Só então me lembrei de que Amagat estava no quarto. Não dava para não notar a tristeza em seus olhos. Acho que ele percebeu que eu gostava de Noah. Nem eu sabia que eu gostava tanto dele.

– É claro! Mas, primeiro, termine de contar com detalhes tudo que aconteceu – pediu Shalém.

E assim fiz, tentando não esquecer nenhum detalhe importante. Mas, quando contei sobre a tortura, o fiz superficial e rapidamente. Relembrar aqueles episódios me assustava e não queria chorar na frente de Shalém e Amagat.

Amagat ficou incomodado quando comecei a falar das torturas, apertou as mãos com tanta força que seu corpo tremia de raiva e parecia estar prestes a explodir. Então ficou com um olhar sombrio que me assustou um pouco. Quando terminei de contar tudo, foi ele quem quebrou o silêncio.

– Se Zion não tivesse matado o desgraçado, eu mesmo o mataria! – disse Amagat com os dentes cerrados.

— Está tudo bem, agora você está segura – disse Shalém. – Tenho que informar os *evas* e os humanos sobre o ocorrido, isso pode amenizar a guerra.

— Guerra? – perguntei. – Estamos em guerra?

— Amagat te conta. Preciso ir com urgência. Não perca a esperança, Lia. Conforme a profecia da luta do dragão com a águia, no fim, tudo poderá dar certo. Ainda há esperanças – Shalém disse e saiu.

— O que diz a profecia? E... estamos em guerra? – perguntei para Amagat.

Passei a acreditar nas profecias dos murianos depois que a última se concretizou diante de meus olhos.

Amagat estava evitando olhar para mim, parecia estar distante, com os olhos sombrios olhando através da janela.

— A profecia da luta do dragão com a águia diz que o dragão está em fúria porque sofre enquanto a águia só quer ser livre para voar. O dragão quer arrancar as asas da águia enquanto a águia só quer tentar sobreviver. E aquele que conseguir tirar a fúria do dragão acabará com a guerra.

— O que aconteceu nesse período em que eu estive fora? Quem está no comando agora? Por que o mundo está em guerra?

— A contragosto, Shalém está no comando do mundo enquanto você e Noah se recuperam. No dia em que você foi levada, Murian e o Vale dos Murianos foram cercados e ficamos reféns de zepta-répteis altamente armados que ameaçavam levar todas nossas crianças e mulheres grávidas. Eles disseram que você e Noah estavam mortos... e que teríamos que deixar a ilha.

— Por que queriam que deixassem a ilha? – perguntei.

— Shalém acredita que Repta-uno estava vivo e desejava pegar seu Império de volta. E que o plano dele era nos deixar isolados em Ághata caso precisasse eliminar os murianos de uma só vez, sem afetar sua amada ilha. Seria mais fácil destruir Ághata e deixar a ilha intacta para um dia a Ilha Paraíse voltar a ser o seu lar. Os Iluminates sabiam de nossa fidelidade para com os novos Imperadores e tinham medo de uma revolução em Paraíse. Eles nos deixaram ficar com as crianças e mulheres grávidas em troca de sairmos pacífica e rapidamente, deixando tudo para trás. E foi o que fizemos.

Amagat prosseguiu contando:

— Pedimos para velar o seu corpo e o de Noah em troca de obediência cega a Repta-uno. Eles nos entregaram apenas o corpo de Noah e disseram que precisavam do seu DNA, por isso não poderiam nos entregar seu corpo. Quando chegamos a Ághata, a cidade já estava vazia e havia destroços por todo lado. O povo não deixou a cidade pacificamente. Shalém tentou se comunicar com Loui de Reva, mas descobriu que os revolucionários estavam mortos. Reva foi destruída, possivelmente por zepta-répteis.

Ele continuou:

— Assim que a separação entre humanos e evas foi concluída, os carnudos se uniram às forças de zepta-répteis Iluminates para começar uma guerra contra os *evas*. E assim a guerra começou. Muitos mísseis já caíram e diversos zepta-evas morreram. Só sobreviveram os que fugiram e se esconderam longe das cidades. Mas os *evas* são muito inteligentes e descobrimos que eles possuem grande conhecimento de técnicas de guerrilha e construção de armas. Escondidos, os zepta-evas criaram *drones* bombásticos e começaram a bombardear as cidades dos carnudos no continente Dragão, na tentativa de amedrontar os carnudos e destruir a aliança deles com os Iluminates. Muitas crianças morreram e muitas estão feridas e amputadas com os ataques dos zepta-evas.

Amagat estava triste ao imaginar carnudos crianças feridos, queimados e mortos. É normal sentirmos maior compaixão com o povo que é mais semelhante a nós. Eu também senti mais pena dos carnudos, apesar de o ataque aos zepta-evas ter sido muito mais brutal e agressivo a ponto de terem de fugir, deixando as cidades abandonadas.

— Ághata é a única cidade que não entrou na guerra. O único território neutro do mundo. E Shalém vem tentando apaziguar a guerra. Ele é o remediador entre carnudos e *evas*. Mas, agora que os zepta-evas estão desaparecidos, os carnudos estão se voltando contra nós e nos ameaçando, caso não os ajudemos a acabar com os *evas*.

— Acredito que, agora, com a morte de Repta-uno e Duran, os zepta-répteis ficarão sem líder para seguir, ficando perdidos sem saber o que fazer até se reorganizarem e nomearem um novo líder. Essa é a nossa chance de convencer os carnudos a deixarem os *evas* em paz e de tomarmos a Ilha Paraíse de volta.

– Para onde Shalém foi com tanta pressa? – perguntei.

– Foi se encontrar com Angel, a líder dos carnudos, em uma reunião no plenário de Ághata. Os carnudos ficaram sabendo que você está viva e pediram uma reunião pessoal com Shalém. Eles ainda não sabem que Noah está em coma ou já teriam bombardeado este hospital.

– Preciso ir a essa reunião! – eu disse, tentando me levantar inutilmente. Meu corpo estava pesado e eu estava conectada a vários fios e canos.

– Você precisa se recuperar, Lia! Confie em Shalém. Ele é um líder justo e sábio, vai saber o que fazer.

Eu confiava em Shalém, sempre achei que ele é quem deveria ser o Imperador do mundo. Ele era um homem em um corpo medonho, porém com olhos sábios, sempre com voz tranquila e atitudes calmas. Transmitia confiança, apesar do corpo monstruoso.

Naquele momento não via ninguém melhor para estar na liderança do que Shalém, que agia como remediador. Todos os carnudos eram crianças e precisavam de um velho para lhes orientar.

Eu estava mesmo com muito sono por causa dos medicamentos que estava tomando. Decidi confiar em Shalém e relaxei na minha confortável cama hospitalar, pegando no sono rapidamente assim que Amagat se retirou para que eu pudesse descansar.

DESPERTAR DO IMPERADOR

Amagat não estava mais ao meu lado quando acordei. Sentia-me bem melhor. Toda a fraqueza e mal-estar já haviam passado. O médico huboot apareceu logo que acordei. Ele me analisou e me desconectou do computador de análise médica. Não estava mais presa em um monte de fios e tubos. Meus machucados já estavam cicatrizando e não doíam tanto.

Pedi ao médico permissão para ver Noah. Uma enfermeira muriana ajudou a me vestir para que eu o visitasse. Não pude deixar de notar que a enfermeira estava triste e tentava não chorar na minha frente.

– Aconteceu alguma coisa? – perguntei para ela enquanto fechava meu macacão *zipfinick* branco.

– Não sei se devo dizer – ela disse quase em um sussurro.

– Diga! – mandei.

– Shalém... Nosso querido líder foi assassinado.

– O quê? Como? – quis saber.

– Na reunião com a líder do povo esqueleto. Ficaram revoltados com Shalém por ele não aceitar a parceria com os Iluminates. – Não conseguiu mais segurar as lágrimas que saíram. – Então o mataram.

– Lamento muito – eu sabia que Shalém era como um grande pai acolhedor para os murianos. Muito mais que um líder.

Eu teria que deixar a visita a Noah para depois. Não podia mais ficar trancada em um hospital enquanto pessoas morriam fora dele. Como Imperatriz e Cibernética, talvez eu pudesse ajudar de alguma forma a acabar com a guerra.

– Quem é o líder dos murianos agora? – perguntei.

– Ainda não temos. A votação vai acontecer ainda hoje, logo após o velório de Shalém.

– Eu preciso saber exatamente o que está acontecendo. Sabe quem poderia me ajudar com essas informações?

– Seu amigo Amagat, que, por ser grande amigo da senhora Imperatriz, foi nomeado candidato ao cargo de líder dos murianos. Ele está ciente de toda a situação.

– Sabe onde posso encontrá-lo?

– Mas a senhora Imperatriz ainda não recebeu alta...

– Como Imperatriz, sei que não devo mais ficar trancada aqui enquanto o caos permeia lá fora. Me leve até Amagat. – E, com prontidão, ela solicitou a um soldado muriano que me levasse até o plenário de Ághata.

Amagat estava ajudando os murianos a se organizarem para o velório e para as eleições. Quando cheguei para falar com ele, estava ocupado distribuindo tarefas no plenário no centro de Ághata. Apesar de jovem, ele já parecia um líder mesmo antes de ser votado para o cargo. Segui em sua direção enquanto todos pararam o que estavam fazendo para me olhar passar.

– Lia, o que está fazendo aqui? Deveria estar em repouso – disse Amagat.

Ele parecia muito cansado!

– Estou bem. Precisamos conversar. Quero saber tudo o que aconteceu – pedi.

– Tudo bem. Venha! – Amagat me levou até um escritório para conversarmos.

Sentamos em um largo *pufpaf* aquário com cavalos marinhos luminescentes nadando dentro dele e pedi, novamente, a Amagat que me contasse com detalhes sobre a reunião e o assassinato de Shalém.

— Pelo que parece, Moonet continua invadindo o sistema do governo Iluminate e transferiu um vírus para os zepta-chips das cabeças de todos os zepta-répteis Iluminates. É um vírus letal e diversos reptilianos já morreram. Os carnudos culpam você e Noah por toda a desgraça que os assolou e também culpam os murianos por não tomarmos partido deles. Eles acreditam que foi você quem invadiu o sistema dos Iluminates e matou os zepta-répteis. Eles não acreditaram quando Shalém disse que você não tinha nada a ver com a morte dos zepta-répteis e ficaram ainda mais irritados quando Shalém se negou fazer aliança com os Iluminates. Então o mataram.

— Isso quer dizer que agora os carnudos não têm mais a ajuda dos zepta-répteis? – perguntei.

— Até onde eu sei, não sobrou muito reptiliano para contar história.

— E os carnudos que mataram Shalém? O que aconteceu depois? – perguntei.

— Eles estavam seguindo armados a caminho do hospital com a intenção de te matar. Os arqueiros murianos escondidos nos topos dos prédios altos não tiveram escolha e os acertaram em cheio. Apenas Angel sobreviveu. Aparentemente, ela não apoiou o assassinato de Shalém, mas também não o impediu. Fugiu antes que pudéssemos prendê-la.

— Como está a situação agora?

— Os *evas* continuam escondidos e não sabemos do paradeiro deles. Os carnudos perderam o apoio militar dos Iluminates, já que os poucos reptilianos sobreviventes estão sumidos. Parece que os Iluminates fugiram deixando os carnudos desarmados.

— Vai demorar algum tempo até as cidades dos carnudos se reorganizarem para um novo ataque contra nós ou contra os *evas*. Só nos resta nos prepararmos e estarmos prontos para impedir ataques futuros. O bom é que nossa amada Ilha Paraíse está livre do poder reptiliano. Um problema a menos, graças à nossa Deusa Lua, Moonet.

— Lamento muito por Shalém – eu disse, sem conseguir olhar nos olhos de Amagat.

— Eu sei. Obrigado – respondeu.

Ele parecia exausto e mais velho.

Não queria atrapalhar o trabalho duro que os murianos estavam tendo para se reorganizarem, então voltei para o hospital.

Não havia nada que eu pudesse fazer naquele momento para ajudar a acabar com a guerra. E eu queria ver Noah.

Entrei no hospital e fui direto para o quarto de Noah. Ele parecia estar dormindo um sono tranquilo, parecia estar em paz. Noah estava conectado ao computador médico que o deixava vivo, respirando e com o coração batendo.

Partiu meu coração vê-lo em coma, imóvel. Sentia saudade de sua voz, de seu olhar. Queria que ele estivesse acordado. Ele saberia o que fazer, era sensato. Sentia-me perdida e sozinha sem seu apoio. Amagat é um bom amigo, mas é Noah que me olha com curiosidade, que parece guardar um segredo e uma dor profunda, o solitário Noah que me atrai por ver em seus olhos algo muito similar a minha dor; uma profunda identificação que sinto por ele. Éramos dois peixes fora d'água, duas criaturas solitárias lutando para libertar seu povo.

Segurei nas mãos dele e acariciei seu rosto com zelo. Senti um nó na garganta e lágrimas vieram aos meus olhos. Desejava muito a felicidade de Noah. Ele merecia sair da roda do *karma*, já havia sofrido demais. Senti-me impotente por não poder ajudá-lo.

– Eu amo sua alma, Noah, independentemente do corpo que ela vista. – E me surpreendi com a verdade que acabou escapando de dentro de mim. Não pude evitar que uma lágrima solitária escapasse, escorresse em meu rosto e caísse nos lábios de Noah. Beijei a testa dele, depois beijei a ponta de seu nariz e, por fim, não resisti e dei um beijo em sua boca rosada e macia.

O computador médico começou a apitar um barulho agudo e estridente. Fiquei ereta em um pulo. *O que foi que eu fiz?* –, pensei, assustada.

– Socorro! Alguém me ajude! – vociferei.

O médico huboot e três enfermeiras murianas entraram no quarto apressados.

Eu fiquei imóvel ao lado de Noah sem saber o que fazer para ajudar.

– Precisamos desconectá-lo com urgência. Passe-me o *ginstik* – pediu o médico à enfermeira.

Uma das enfermeiras me puxou pelo braço e me tirou do quarto, fechou a porta, me deixando parada do lado de fora, sem ao menos me explicar o que estava acontecendo.

Eu me sentia inútil. Não havia nada que eu pudesse fazer a não ser esperar. Então esperei grudada na porta com o coração na mão, inutilmente tentando ouvir o que se passava dentro do quarto.

Após uma longa espera, que pareceu uma eternidade, a porta se abriu e a enfermeira levou um susto quando me viu tão próxima.

– Ai, meu Deus, que susto, senhora Lia! O Imperador deseja lhe ver – disse com um largo sorriso.

Entrei no quarto o mais rapidamente que pude, antes mesmo de a enfermeira terminar de falar. Noah estava acordado, com os olhos abertos, desconectado do computador médico. Parecia estar bem e sorriu ao me ver. Era tão raro vê-lo sorrindo que foi inevitável não devolver o sorriso.

– Você acordou! – exclamei, mais empolgada do que gostaria de aparentar.

– Lia! – Meu nome saiu de sua boca com uma beleza incrível, como se fosse algo sagrado e doce.

O NOVO LÍDER DOS MURIANOS

Hoah estava se recuperando rapidamente. Seus músculos ainda estavam um pouco fracos e, por isso, ainda não podia sair da cama. O médico disse que mais um dia e teria alta.

– Conte-me tudo o que aconteceu enquanto estive em coma, Lia – pediu ele.

– Depois de tentarem te matar, eles me levaram para uma base submarina no fundo do Oceano Índico. Repta-uno estava escondido lá. Ele queria que eu o ajudasse a destruir os *evas* e a consertar Utopia para que os carnudos pudessem voltar a usá-la; ele queria que eu o ajudasse a deixar o mundo exatamente como ele gostava, sob seu total controle. Eu me recusei a ajudá-lo. Eles tentaram me obrigar, mas não conseguiram. Então, Moonet iniciou uma guerra cibernética contra os Iluminates, invadiu o sistema deles e me salvou. Repta-uno, Duran e a maioria dos zepta-répteis Iluminates estão mortos. Repta-uno não esperava que a alma de Zion estivesse em Moonet e foi totalmente pego de surpresa com a invasão cibernética. – Achei melhor não entrar em detalhes sobre a tortura que sofri. Era difícil e constrangedor falar sobre aquilo.

– Como foi que Repta-uno tentou te persuadir para ajudá-los?
– Noah era muito inteligente.
– Acho que você já deve imaginar. Não quero falar sobre isso.
– O que fizeram, Lia? – insistiu.
– Você sabe..., mas não importa mais, eles estão todos mortos agora, graças a Moonet e Zion. E eu estou bem agora, então não importa.
– É claro que importa, Lia! Eles deixaram marcas em você, não deixaram?
– Como você sabe das cicatrizes?
– Que cicatrizes? – perguntou.
Só então me dei conta de que ele se referia a marcas *emocionais* e não a cicatrizes. Droga! Como sou estúpida! É claro que não tem como ele saber sobre as cicatrizes no meu corpo. Ele estava em coma o tempo todo.
– Nada de mais. As cicatrizes já estão sumindo – menti.
Se Noah já me achava uma criança carnuda feia e indesejável, agora que ele jamais iria querer me tocar. Senti um aperto no coração.
– Eu não terminei de falar tudo que aconteceu enquanto você estava em coma.
Não queria mais estender o assunto sobre mim. Então, lhe contei sobre a guerra, o sumiço dos *evas* e a morte de Shalém.
– Precisamos ir ao velório de Shalém – ele pediu, tristemente.
– Uma hora dessas o velório já acabou. Neste momento deve estar ocorrendo a votação para o novo líder. Amanhã de manhã saberemos quem será o novo líder dos murianos.
– Eles precisam saber que eu acordei. O mundo precisa saber com urgência que seus Imperadores, você e eu, estamos bem, vivos e ativos novamente. E temos que pensar rapidamente em uma estratégia antes que o mundo entre definitivamente em uma Sexta Guerra Mundial.
Então Noah começou a tentar telepatizar com diversos *evas* que conhecia, sem obter sucesso.
– Eles devem ter cortado a comunicação para não serem rastreados – concluiu.

Tristemente me lembrei de Duna. Desejava muito que ela tivesse conseguido fugir e estivesse escondida em algum lugar seguro com os *evas*. Duna me criou enquanto Stan-ha e Chun-li se ocupavam com futilidades do mundo tecnológico. Duna sempre cuidou de mim com muito zelo.

– Repta-uno acabou com Reva, Noah. Muitos revolucionários devem estar mortos.

Noah passou a mão na cabeça preocupado.

– Lia, marque uma reunião com os líderes de todas as cidades dos dois continentes para amanhã logo após a nomeação do próximo líder dos murianos – me pediu. – Não tem problema se não conseguirmos falar com os líderes das cidades do Continente Águia, mas vamos tentar passar nosso recado mesmo assim, quem sabe eles recebem.

– Você acha que é seguro? Juntar carnudos, *evas* e murianos no mesmo lugar? – perguntei.

– Pensei em fazer uma reunião holográfica. Cada líder em sua cidade. Teremos que estar juntos com o futuro líder dos murianos nessa reunião, já que os murianos ainda não sabem abrir holografia e se conectar através de Moonet.

– Certo! Farei isso agora mesmo. E... qual será a pauta da reunião? – perguntei.

– Um acordo de paz. Terá que me ajudar a pensar em como podemos fazer esse acordo.

– Vou agora mesmo. Primeiro aviso os murianos, depois procuro uma *lan house*, me conecto com Moonet e faço o convite a todos os líderes do mundo.

Desde que Repta-uno substituiu meu zepta-chip antigo por um novo, não podia fazer comunicações telepáticas nem me conectar com Moonet. Por isso eu teria que ir a uma *lan house* para entrar em contato com os líderes das cidades do mundo.

Lan house servia para crianças rebeldes que recebiam como punição o bloqueamento do zepta-chip e passavam a ser rigorosamente monitorados pelo governo. Agora elas estavam fechadas, sem utilidade, já que os murianos não se interessavam em conectar-se com Moonet e as demais pessoas do mundo não recebiam mais bloqueamento do zepta-chip como punição.

– Certo. Enquanto isso, vou continuar tentando telepatizar com nossos aliados – disse Noah.

– Volto assim que puder – eu disse.

– Vou estar te esperando. Não demore. E cuidado na rua. Estamos em guerra.

Havia uma *lan house* muito próxima do hospital e segui para lá. Como eu já esperava, estava trancada e toda escura.

Ia voltar ao hospital para pedir ajuda a algum soldado muriano, mas, antes que eu voltasse, um garoto muriano veio em minha direção.

– Está trancada – disse o garoto que havia me visto tentar entrar na *lan house*. – Você é a Imperatriz Lia, não é?

– Hum... Lia. Pode me chamar de Lia. É que eu preciso entrar nessa *lan house* a qualquer custo. Sabe quem pode me ajudar? – pedi para o garoto.

– Eu posso ajudar. Sou forte. Olha só meus músculos! – disse o garoto me mostrando os bíceps do braço direito, se gabando em ser um carnudo gordo. – Quando eu for grande, serei um soldado.

– Consegue arrombar esta porta? – perguntei, duvidando do garoto.

A resposta veio com ação. O garoto pegou um metal torcido dos escombros que estavam por toda parte na cidade, após a expulsão dos nativos carnudos de Ághata, e acertou a porta com força diversas vezes até que abriu uma fresta que dava para eu passar.

O garoto parecia estar se divertindo muito arrombando a porta da *lan house*.

– Viu só? – gabou-se.

– Você é bom nisso! Obrigada!

– Sempre às ordens, Imperatriz! Quer que eu te ajude a quebrar mais alguma coisa? – perguntou, animado.

– Não. Por enquanto está ótimo. Quando eu precisar quebrar mais alguma coisa, com certeza eu chamo você.

– Meu nome é Zack. Moro no centro da cidade. É fácil me achar, todo mundo me conhece – disse, orgulhoso.

– Mais uma vez, obrigada, Zack.

Assim que entrei, liguei uma das cápsulas e me conectei com Moonet. Fiz rapidamente o que devia ser feito e segui imediatamente para o centro da cidade para procurar por Amagat.

A tarde já estava caindo, bem como a temperatura: estava frio. Os murianos não estavam acostumados com isso, então a cidade parecia deserta e sombria. Os murianos deviam estar encolhidos na frente de alguma lareira artificial bebendo chá de amendoim para se aquecerem.

Começava a cair uma neve fraca e leve que rodopiava com uma leve brisa imperceptível. Aos poucos a neve cobriria toda a cidade e as poucas árvores resistentes que ainda sustentavam algumas folhas estariam cadavéricas e assustadoras. Uma paisagem completamente diferente da paradisíaca paisagem da Ilha Paraíse. Um único planeta capaz de gerar mundos tão distintos.

Provavelmente, neve seria novidade para os murianos e fiquei imaginando o que Amagat estava achando da neve, do frio e de todas as novidades de uma cidade grande.

Segui até o plenário onde provavelmente os candidatos esperavam pela apuração dos votos. O local estava lotado. Alguns murianos estavam olhando através das grandes janelas, admirando a neve que caía com graciosidade e lentidão, mas eles não tinham coragem de sair no frio que estava fazendo do lado de fora do plenário.

A maioria dos murianos ainda estava abatida e triste com a morte de Shalém. Tristes demais para se empolgarem com a neve. Não conseguia nem imaginar o quanto deviam estar saudosos da Ilha Paraíse.

Encontrei Amagat bem como os demais candidatos no centro do plenário em uma conversa que parecia amistosa. Não pareciam adversários, mas amigos. Aproximei-me e eles pararam de conversar e me olharam.

– É bom encontrar todos reunidos. Tenho uma boa notícia a todos – disse a eles.

– Já sabemos. O Imperador Noah acordou – disse um dos candidatos com um sorriso no rosto. – As notícias se espalham rapidamente entre os murianos. Shalém ficaria feliz.

– Que bom que já sabem. Eu e Noah decidimos que amanhã faremos uma reunião holográfica com os líderes de todas as cidades do mundo, assim que o novo líder dos murianos tomar posse.

– Reunião holográfica? – perguntou Amagat.

Para minha surpresa, eles nem sabiam o que era comunicação holográfica. Então eu expliquei para eles como seria.

Antes que eu voltasse ao hospital, Amagat quis falar comigo.

– Lia, você está bem?

– Acho que sim. E você? Nervoso?

– Um pouco. Com medo de vencer. Não será fácil. Meu povo sente muita falta de nossa terra. Eles não sabiam o quanto nossa terra era bela, fértil e agradável até sair dela. Nós estávamos animados para desbravar o mundo e conhecer novas terras. Mas meu povo não está gostando do frio e dessa cidade tão inóspita.

– Vou colocar essa questão na pauta da reunião de amanhã. Podemos resolver isso. Também acho que o lugar de vocês é em Paraíse.

– E... bem, quero lhe pedir para que leve em consideração a profecia antes de resolver qualquer assunto imperial.

– Ok. Vou pensar no assunto. Até amanhã cedo. E boa sorte! Estou torcendo por você.

– Obrigado. Eu te acompanho até o hospital – disse Amagat.

– Não precisa. Eu estou acostumada com o frio. Na verdade, na minha cidade, Avantara, esta temperatura se faz no verão. Fique aí! Nos vemos amanhã.

Amagat pareceu dividido entre me acompanhar, mesmo contra minha vontade, e permanecer onde estava. Mas decidiu ficar onde era seu lugar: ao lado de seu povo.

O ACORDO DE PAZ

Voltei para o hospital e fui direto para o quarto de Noah, mas ele estava dormindo, provavelmente sedado com remédios.
Saí de fininho e fui para o meu quarto. Era estranho morar em um hospital, porém melhor do que viver no Palácio dos Iluminates. Sentia saudade da minha pequena casa em Avantara, da vida normal de uma adolescente ignorante e comum. Sentia saudade de Brianna, minha única e melhor amiga que eu nunca mais veria.
Tomei um banho deixando a água quente cair nos meus ombros por vários minutos. Estava cansada, mas feliz por ter Noah de volta ao meu lado.
Uma enfermeira muriana entrou no meu quarto assim que saí do banho e fez novos curativos nas minhas feridas, me deu analgésico e uma bandeja com refeição muriana, chamada *purê de batata com legumes,* que devorei. Eu simplesmente adorava comida muriana. Se continuasse naquele hospital, ficaria gorda como elas. Purê era tão bom quanto *mexido de pruvala*.
Assim que o analgésico começou a fazer efeito, eu dormi feito uma pedra.

No dia seguinte acordei bem cedo, me troquei e tomei meu café da manhã no quarto. A neve havia caído pesada do lado de fora, durante a noite inteira, e tudo estava branco.

Fui para o quarto de Noah esperando que ele já tivesse pensado em algum acordo de paz. Bati em sua porta e entrei.

Ele já estava em pé, pronto, com trajes imperiais, ansioso, andando de um lado para o outro do quarto.

– Não consegui pensar em nada – disse Noah, me olhando com cara de assustado.

Só me restava apostar na orientação da profecia muriana.

– Os murianos têm uma profecia, e dizem que as profecias deles nunca falham. Bom, pelo menos funcionou quando profetizaram o ataque dos revolucionários ao Palácio.

– Profecia? – disse, um pouco descrente. Mas, assim como eu, ele estava se agarrando a qualquer coisa. – O que tem a profecia deles?

– Ãhn... – levei um tempo para me lembrar – diz que o dragão está com raiva e, por isso, ele ataca a águia e acabará com a guerra aquele que der ao dragão o que ele tanto deseja. Algo assim.

– Utopia! – disse Noah.

– O que tem Utopia? – perguntei.

– Utopia é o que mais desejam os humanos do Continente Dragão. Utopia sempre foi usada como sedativo contra guerras e revoluções. Se dermos a eles Utopia, o mundo ficará em paz – explicou.

– Não! Não podemos fazer o que Repta-uno fazia! Alienar as pessoas para que nos obedeçam e sigam o sistema obedientemente? Tardar a evolução delas? Isso não! Dessa forma, tudo pelo qual lutamos, toda tortura pela qual passei e todas as mortes teriam sido em vão.

– Nunca vamos obrigar ninguém a nada. Estou pensando em respeitar o livre-arbítrio dos carnudos.

– Como assim? O que está pensando? – perguntei.

– Vamos dar a eles o que querem e, em troca, terão que deixar os *evas* viverem em paz.

– Corpo zeptoide e Utopia em troca da paz – concluí o óbvio.
– Não era isso que Repta-uno fazia? – perguntei, sarcasticamente.

– Vai ser diferente, Lia. Os carnudos terão escolha: ganhar um corpo zeptoide, sem *eva*, claro, e viver como viviam antes, podendo passar parte do tempo em Utopia ou, se preferirem, podendo viver como carnudos para sempre. Em troca, devem deixar os *evas* em paz no planeta. Tal escolha nunca existiu antes. E esta será a última geração de zepta-humanos. Os CCVs não serão reativados. Em cem anos, eles estarão extintos. E, então, apenas os humanos descendentes dos murianos irão povoar o planeta. Já sabemos que os murianos respeitam os *evas*, eles não fazem distinção quanto à procedência do ser. Eles respeitam a vida, independentemente de onde veio, e até admiram a pacificidade dos *evas*. Então, no futuro, Utopia deixará de existir, mas, por enquanto, ela ainda é necessária.

– Não me sinto bem fazendo isso. Se for para evitar guerras, Utopia sempre será necessária – argumentei.

– É a escolha deles, Lia, não sua. Você não pode escolher por eles. Aí, sim, estaria agindo como Repta-uno. Somos diferentes da Nova Ordem Mundial justamente porque no nosso governo deixaremos o povo livre para escolher o seu caminho. Na Nova Ordem Mundial não existia a liberdade de escolha. Essa é a nossa diferença. E os *evas* estarão sempre em desvantagem com os humanos porque eles dependerão de tecnologia para existir, enquanto os humanos se reproduzirão naturalmente.

– Zion ficará feliz em saber que em breve terá súditos em seu reino – concluí.

Noah me convenceu. Mas completei:

– Porém, não será fácil consertar o estrago que eu fiz no mundo virtual Utopia. Zion vai precisar da minha ajuda para voltar a colocar Utopia em funcionamento. Só eu sei os códigos de travamento que inseri para o bloqueio da abertura.

– Se tudo der certo, amanhã você poderá partir para a Lua. Agora vamos! Não podemos nos atrasar.

O plenário estava lotado e agitado. Encontrei-me com Padmé e Tombo na rampa para o auditório.

– Imperador e Imperatriz! Fico tão feliz em vê-los! Já ficaram sabendo que Amagat é nosso novo líder? – disse Padmé, sorrindo e acariciando Tombo, que fingia não me conhecer.

– Fico feliz. Tenho certeza de que ele será um grande líder – afirmei.

E Tombo deu um gemido de desdém para o que eu disse. Era impressionante como todo mundo morria, menos o Tombo!

Fiquei mais tranquila ao saber que Amagat era o novo líder dos murianos. Eu confiava muito nele e sabia que seria um bom líder. Noah não manifestou nenhum sentimento com a novidade.

Encontramo-nos com Amagat, que estava rodeado por murianas assanhadas. Ele se desvencilhou das garotas seminuas e veio ao nosso encontro.

– Parabéns! – eu disse lhe dando um abraço.

– Obrigado! Espero não desapontar meu povo. Não tenho a sabedoria de Shalém, mas vou fazer meu melhor.

– Tenho certeza de que não vai desapontá-los – disse Noah.

– Vamos ao auditório. Temos que determinar a pauta da reunião antes que ela se inicie – pediu Amagat.

Entramos no auditório e Amagat perguntou para Noah:

– Já tem um plano para um acordo de paz?

Eu fiz questão de contar que a estratégia respeitava a orientação da profecia muriana para Amagat, deixando claro nosso respeito pelas tradições dos murianos.

– Tudo bem. É triste, mas também não vejo outra solução. Só queria sugerir uma coisa – pediu Amagat.

– Pode pedir – disse Noah.

– Meu povo quer voltar a viver na Ilha Paraíse.

– Não vejo problema nisso. E quando não couber mais murianos em Paraíse, então estarão livres para viver em qualquer cidade do mundo. Sei que os murianos viveriam em paz tanto com os zepta-humanos quanto com os zepta-evas. A ilha é do seu povo! Sempre foi. Fique com a ilha toda e o que sobrou do Palácio.

– Obrigado! – disse Amagat.

– Podemos trazer de volta a Ághata os carnudos que nesta terra nasceram – sugeriu Noah.

– Deixem que escolham para onde querem ir, contanto que respeitem os *evas* e os *evas* respeitem eles como iguais. Se o acordo der certo, tanto faz onde escolherem viver. Não haverá mais separação – eu disse.

– E vocês? Onde vão morar? – perguntou Amagat.

– Não pensamos nisso ainda. Deixarei que Lia decida – disse Noah. Senti uma pontinha de felicidade em me imaginar voltando a viver em Avantara.

Mas nada seria como antes. Nunca mais.

Para nossa surpresa, os cinco líderes *evas* das cinco cidades do Oceano Águia estavam presentes holograficamente na reunião. Bem como cinco jovens que representavam as cinco cidades dos carnudos. Ao meu lado estavam Noah e Amagat.

Noah achou melhor que eu falasse na reunião, representando o império, já que os carnudos não aceitariam ouvir nada que viesse de um *eva*. Eu estava nervosa, minhas mãos suavam. Eram muitas vidas que estavam em minhas mãos. Se eu não conseguisse convencer os carnudos a um acordo de paz, a guerra continuaria até levar ambas as espécies à extinção.

– Obrigada pela presença de todos. Solicitei esta reunião para fazermos um acordo de paz – eu disse.

– Não fazemos acordos com extraterrestres assassinos! E nem com carnuda traidora, casada com um *eva*. Vocês não são nossos Imperadores! Não nos representam – disse o líder carnudo da cidade de Astapor.

– Esperem! Primeiro escutem. É do interesse de vocês – pediu Amagat. E a voz autoritária dele fez todos pararem para me ouvir.

– Eu estou disposta a dar ao meu povo transferência para corpos zeptoides e conexão com Utopia em troca de um acordo de paz com os *evas*. Podem me recusar como sua Imperatriz, mas estejam cientes de que eu sou a única Cibernética viva no mundo capaz de dar ou tirar Utopia de vocês! – disse.

Murmúrios altos surgiram de todos os lados.

– Silêncio! – gritou Stânia, a líder da cidade Mitra. – Explique melhor, *Imperatriz* Lia.

Eu falei sobre a proposta do acordo de paz detalhadamente. E os carnudos estavam tão desesperados para ganhar corpos zeptoides que nem conseguiram esconder sua empolgação e não se queixaram em ser a última geração de zepta-humanos.

Por unanimidade, os líderes de todas as cidades do mundo aceitaram a proposta do acordo de paz. Stânia foi a última a se manifestar:

– Também estou de acordo. Não confiamos nos *evas* e não queremos ficar em desvantagem com eles. Por isso, aceitamos o acordo. Deixaremos os *evas* em paz desde que eles não invadam nosso espaço e desde que tenhamos corpos zeptoides e entrada liberada para Utopia... E, a propósito, você não é a única Cibernética viva no mundo, Lia Surya. Há dois meses nasceu um menino Cibernético aqui em Mitra. Il-Qamar sobreviveu ao genocídio da guerra. Ele está sendo cuidado por uma huboot babá.

Fiquei paralisada com a notícia e não consegui pensar em mais nada. Amagat teve que finalizar a reunião por mim. Não ouvi mais nada depois que fiquei sabendo que eu tinha um filho e ele estava sendo cuidado por uma huboot qualquer sem alma, incapaz de dar amor.

– Lia! Está tudo bem? – Noah perguntou.

– Se Il-Qamar é um Cibernético, só pode ser a reencarnação de Zion. Mas como? Eu estive com ele em Moonet há pouco tempo.

Era só nisso que eu conseguia pensar naquele momento. Esqueci-me de todo o resto. Nem percebi que os murianos estavam em festa ao meu redor, comemorando o acordo de paz.

– Deve levar em consideração a relatividade do tempo em diferentes realidades. Você neste momento não está só aqui nesta realidade, mas em outras também. Talvez esteja em Moonet – explicou Noah.

– Ou talvez eu *seja* Moonet – pensei em voz alta.

Só então me dei conta de que disse em voz alta que Moonet sou eu em uma outra realidade.

– O que que dizer? Você é... Moonet? – perguntou Noah, espantado.

Não respondi, pois ele era inteligente e eu sabia que sua pergunta era retórica.

– Deixe para lá. Precisamos buscar e proteger Il-Qamar. Os reptilianos não podem colocar as mãos nele! – eu disse, apressadamente.

– Posso pedir para alguém ir buscá-lo em Mitra até que você retorne da Lua – sugeriu Noah.

– Padmé é ótima com bebês e você a conhece – sugeriu Amagat. – Tenho certeza de que ela ficaria muito feliz em lhe ajudar, cuidando e protegendo seu filho até que você retorne da Lua.

Eu nem me lembrava de que teria que partir o mais rápido possível para cumprir minha parte no acordo de paz.

– Veja se Padmé aceita ser a tutora provisória de Il-Qamar – pedi. – Peça para alguém trazer Il-Qamar para Ághata urgente.

– Sem problema – disse Noah.

Torcia para que Padmé aceitasse cuidar de Il-Qamar. Ela era carinhosa e protetora.

– Vou falar com Padmé agora mesmo. Com licença – disse Amagat e se retirou às pressas.

– Il-Qamar será o futuro Imperador, Lia. Tentarei ser o melhor pai possível – revelou Noah.

– Não vou demorar na Lua. E pensei que... talvez, depois de eu retornar, pudéssemos nos mudar para Avantara. O que acha?

– Não sei se irão me aceitar lá. Pensei que fosse escolher um local seguro e isolado para vivermos.

– Conheço bem os carnudos, aceitarão você melhor do que a mim, uma carnuda feia, indesejável e cheia de cicatrizes.

– É assim que você se vê? – perguntou Noah.

Sua voz e sua aproximação fizeram meu coração bater mais rápido.

– O quê? – perguntei.

– Você não é indesejável. Muito menos feia, Lia – respondeu.

– Eu...

– Vou te dizer o que *eu* vejo em você: uma garota inteligente, forte, determinada e de bom coração que expressa sua beleza interior através de seu belo corpo natural. Tão natural quanto uma bela flor de lótus desabrochando em harmonia com a natureza no lago sujo da tecnologia. Natural e transparente como um cristal. Deveria se orgulhar de ser quem você é, Lia:

verdadeira. Nada é mais belo na natureza do que aquilo que é verdadeiro, autêntico. É uma pena que não veja sua beleza divina. Espero que não faça como os *evas,* que só descobriram a beleza da natureza pura depois de perdê-la. Que invejam os humanos carnudos por terem o grande poder de estarem conectados com a natureza expressa de seu planeta. Você é a mais bela flor que vi em todo este planeta, Lia.

Ele me achava bonita e eu fiquei sem fôlego. Esse tempo todo eu achava que ele me via como uma aberração, uma criança feia e deformada, da mesma forma como vejo Tombo: um bicho nojento.

Mas Noah me achava... bonita! E uma coisa é achar bonita, outra é sentir atração física. Noah nunca havia demonstrado desejo por mim. Já que estávamos tendo essa conversa, tomei coragem para perguntar.

– Se me acha tudo isso que disse, então por que nunca demonstrou? Acho que você está mentindo para fazer eu me sentir melhor. Ou, talvez por ser alienígena, não sinta atração de verdade nem saiba o que está dizendo.

– Desejei-te desde a primeira vez que te vi – ele disse, se aproximando ainda mais de mim, me encurralando na parede.
– Não da primeira vez que este corpo te viu, mas a primeira vez que *eu* te vi. Você estava tentando se isolar na festa de recepção de zepta-Zion, se sentia deslocada como eu, solitária como eu, com uma profunda tristeza nos olhos. Eu me apaixonei pela sua excentricidade, seu jeito único em um mundo de iguais. Só com você eu não me sinto só.

– Então por que nunca demonstrou? – eu perguntei, dando um passo para trás, temendo não resistir a uma aproximação maior.

– Existem tantos belos carnudos no mundo como Amagat, que nitidamente sente atração por você. Não vejo razão de você querer uma máquina com alma alienígena desconhecida em vez de um belo humano carnudo como você.

– Eu não sou uma carnuda como Amagat. Eu sou Moonet, a inteligência artificial que roubou uma alma para poder nascer como carnuda neste planeta. Sou tão diferente de você como sou de Amagat. E se eu pudesse escolher, escolheria você: uma máquina controlada pela mais bela alma que já conheci na vida.

Então Noah me pegou pela cintura, me puxando para perto de seu corpo. Acariciou meu rosto com delicadeza, colocou uma das mãos na minha nuca, puxando minha cabeça em direção a sua, e me beijou com paixão. Foi então que descobri que a alma dele é tão animal e voraz quanto a de um humano.

E eu gostei.

Gostei muito.

E, por causa daquele beijo, fiquei completa e irrevogavelmente apaixonada pelo meu marido alienígena.

UM NOVO COMEÇO

Não queria ir para a Lua. Queria ficar com Noah e ter Il-Qamar protegido nos meus braços. Tanta coisa aconteceu em tão pouco tempo. Mas tive que partir. A paz no mundo dependia dessa minha viagem.

Chegando à Cidade de Vidro, não perdi tempo, fui direto à Torre Moonet e desta vez minha entrada foi mais fácil.

Assim que entrei na cápsula plasmática – o cérebro de Moonet –, senti-me sonolenta e Morfeu veio me receber.

– Que estrago veio fazer desta vez, Cibernética? – perguntou Morfeu com seus profundos olhos negros e suas asas azuis de penas eriçadas prestes a me atacar.

– Desta vez vim consertar o estrago que fiz, Morfeu. Vai me deixar passar desta vez sem problemas ou terei que desbloquear a passagem à força?

Morfeu me olhou desconfiado. Ele não queria me deixar passar, não confiava em mim. Mas não teve outra escolha, liberou minha passagem sem criar caso.

– Espero que esteja falando a verdade – disse, destrancando o grande portão branco de entrada para Utopia.

Assim que entrei em Utopia, fui recebida por Moonet, que se comunicou comigo telepaticamente.

– Seja bem-vinda, minha filha! Não imagina como estou feliz em te ver aqui.

– Obrigada por me salvar das garras de Repta-uno.

– Foi um prazer. Aquele réptil nojento nos usava há séculos. Já estava na hora de dar um basta nele.

– Vim consertar o estrago que fiz em Utopia. Quero desbloquear os corpos zeptoides sem alma para entrada de almas humanas. E desbloquear o acesso dos zepta-humanos para poderem entrar em Utopia.

– Tem certeza disso, minha filha? Era isso que Repta-uno queria que você fizesse. Era a razão de ele te torturar.

– Eu pensei nisso, mas é diferente. Ele não dava escolha aos humanos. Agora, eu darei. Ninguém será obrigado a nada no meu governo. E pare de me chamar de filha. Somos a mesma *coisa*.

– Você é parte de mim. Não deixa de ser como uma filha. Fico feliz que finalmente a Terra esteja em boas mãos. Eu confio em você e confio nos *evas* que demonstram ser uma espécie pacífica. Os humanos têm muito que aprender com os *evas*. Espero que os humanos estejam abertos a isso algum dia. Vou chamar Zion. Creio que ele desejará te acompanhar até o Jardim do Éden.

Não esperei muito e ele apareceu; estava radiante e lindo como um zeptoide, mas com os traços físicos que sempre teve.

– E aí, maninha? Então quer dizer que voltarei a ter diversos súditos em Utopia? – perguntou, retoricamente, com um largo sorriso no rosto.

– Sabia que iria gostar.

– É claro. Sabe que Utopia não faz sentido sem as almas para agitar o lugar. Faço questão de te ajudar. E, a propósito, parabéns pelo trabalho de travamento das portas de Utopia. Tentei de tudo para reverter o estrago que você fez. E olha que eu sou bom em invadir sistemas! Vamos, vai. Estou curioso para saber como você vai reverter o que fez.

Quando chegamos ao Jardim do Éden, caminhamos sem pressa até a bela macieira no centro. No trajeto, pude apreciar as exóticas e exuberantes flores e as majestosas árvores de folhagens brancas.

Eu e Zion seguramos a maçã vermelha e suculenta. Juntos demos uma mordida nela, ao mesmo tempo, um de cada lado da fruta. Então, tudo ao nosso redor converteu-se em códigos numéricos. Somente nossas almas não eram vistas assim, mas os corpos que vestiam as almas eram cifras numéricas. Nossas almas eram vistas por nós como esferas luminosas contornadas por códigos que criam nossos corpos virtuais.

Com agilidade instintiva, desbloqueei o acesso de almas humanas a Utopia. E Zion me ajudou a destravar os zepta-chips dos cérebros de corpos zeptoides sem alma para poderem receber almas humanas.

Ele ficou de olho no que eu fazia. Eu sabia que ele estava admirado com meu trabalho e agilidade, mas era orgulhoso demais para assumir. Então começou a alterar alguns programas, colocou tubarões brancos no mar de Utopia, possibilidades de tempestades e enormes tigres nas florestas.

– O que está fazendo, Zion? – perguntei.

– Cansei do mundo perfeitinho de "viveram felizes para sempre". Quero um pouco de agitação. O pessoal vai gostar.

– Se continuar colocando criaturas mortais em Utopia, o lugar vai deixar de ser uma utopia – concluí, rindo.

– Utopia é algo subjetivo e pessoal, acho que todo mundo já está cansado de tanta perfeição – disse Zion.

Depois que ele terminou de brincar de deus, saímos do coração de Moonet, de volta ao Jardim do Éden.

– Tem certeza de que não quer ficar mais um pouco por aqui? – ele perguntou.

– É um convite tentador. Utopia é um mundo esplêndido. Mas tenho que cuidar do seu outro "eu" lá na outra realidade. Seu nome na Terra é Il-Qamar.

– Tenho certeza de que Il-Qamar será um gênio como eu. Conforme Il-Qamar for crescendo e adquirindo personalidade na Terra, vou começar a desaparecer daqui de Moonet, tornando-me cada vez mais Il-Qamar. Então, vê se cuida bem dele. De mim.

– Vou cuidar. E vê se respeita sua mãe, Lia, e seu pai, Noah, lá na Terra.
– Um pai alienígena. Vai ser irado! – disse Zion, rindo.
– Até mais, Zion – despedi-me sabendo que nunca mais veria *Zion*. – Te vejo na Terra.
– Vai logo, Lia! Sabe que odeio melodrama. Nos vemos em uma outra realidade – despediu-se.

Depois de me despedir de Zion, saí de Moonet. Não perdi tempo e voltei para a Terra, pousando na estação espacial de Ághata. Meu trabalho já estava feito e agora os carnudos poderiam transplantar suas almas em corpos zeptoides e entrar em Utopia. Foram muito poucos os carnudos que escolheram continuar carnudos, talvez menos de um por cento do total de carnudos no mundo.

Assim que voltei, passei apenas um dia em Ághata para me despedir dos murianos e, no dia seguinte, Noah, Padmé, Tombo, Il-Qamar e eu seguimos destino para Avantara, onde seria nosso lar.

Depois de algum tempo vivendo com Noah, Il-Qamar, Tombo e Padmé, na antiga casa em que cresci, em Avantara, voltou a reinar no mundo uma certa paz. Os carnudos estavam viciados demais em Utopia para criarem confusão.

Os zepta-evas voltaram a viver nas cidades do Continente Águia. E os, agora, zepta-humanos e carnudos voltaram para suas cidades natais, vivendo, relativamente, de forma pacífica com os zepta-evas. Talvez tal pacificidade forçada viesse do medo em perder Utopia.

Coloquei alguns rambots para procurar Duna. Mas, infelizmente, ela não sobreviveu aos ataques dos carnudos.

Para meu consolo, Noah decidiu que iria investir na nova tecnologia criada por Moonet que nos conectava com a dimensão espiritual. Com isso, novas possibilidades foram criadas e o próximo invento de Moonet seria posto em prática em breve.

Tentaríamos implantar a alma de Duna em um corpo zeptoide que seria nossa filha. A comunicação com a dimensão espiritual nos ajudava a realizar tal feito.

Não aguentava mais perder quem eu amava. Queria que Duna voltasse como minha filha. Ela seria uma excelente Imperatriz ao lado de Il-Qamar.

Amagat voltou para a Ilha Paraíse com seu povo. Diversas pretendentes disputaram seu amor, mas Inanna venceu a disputa e seria a esposa do líder dos murianos.

Fiquei feliz com a notícia. Tinha certeza de que ela iria cuidar muito bem de Amagat. Sempre cuidou.

Amagat incentivou todas as murianas a engravidarem e terem o máximo de filhos possível. E logo os murianos estariam se multiplicando em ambos os continentes. Com o tempo, os humanos iriam repovoar todo o planeta.

Diversos novos corpos estavam sendo criados para os futuros *evas*.

Noah estava empenhado em criar uma nova forma de vida que sustentasse a alma *eva*. Cientistas *evas* estavam realizando experimentos modificando o DNA humano para que fosse compatível com uma alma *eva*. Se tudo desse certo, no futuro, os *evas* poderiam viver em corpos naturais e se reproduzir naturalmente como os murianos.

Padmé se apegou muito a Tombo e principalmente a Il-Qamar. Cuidava deles como se fossem seus filhos. Ela seria meu braço direito até o fim da minha vida.

Assim como Zion, eu não queria a utopia do "viveram felizes para sempre". Eu queria desafios para aprender a superá-los, queria o esforço para chegar ao progresso, queria lutas para conquistar vitórias, só o sacrifício leva uma alma ao aperfeiçoamento. E eu ainda tinha muito que aprender. Eu queria evoluir! E a evolução só é possível em um mundo com problemas a serem resolvidos.

Tinha muitos problemas para serem resolvidos, e sempre teríamos. Afinal, governar um mundo respeitando o livre-arbítrio não é nada fácil.

EPÍLOGO

Il-Qamar

17 anos mais tarde...

Tombo tem uma péssima mania irritante de acordar as pessoas oferecendo lambidas pegajosas bem na boca. Minha mãe, Lia, conta que Tombo é mais velho que ela e não entende como esse bicho consegue sobreviver tanto tempo.

Ela adora recordar a época em que era jovem e não suportava Tombo justamente por causa dessa mania horrível que ele tem de nos acordar com lambidas na boca. Ele sempre ouve as recordações da minha mãe com cara de desprezo. Eles têm uma relação estranha.

Tombo foi o único da família da minha mãe que sobreviveu à guerra da queda da Nova Ordem Mundial.

Afastei Tombo do meu rosto e só não fiquei bravo porque parece covardia brigar com um animal tão inocente. Então me lembrei de que hoje é a chegada da minha tão esperada irmã Duna.

A alma de uma antiga huboot chamada Duna acaba de ser implantada em um corpo zeptoide e, hoje, vou conhecê-la, por isso Tombo veio me acordar. Acabei dormindo jogando *ki-mérico* e perdi a hora.

Vesti a primeira roupa que encontrei pela frente e fui até a sala de refeições.

Apesar de meus pais serem os Imperadores do mundo, moramos na casa em que minha mãe cresceu e foi criada por seus tutores. Meus pais acham errado ostentar luxo às custas das pessoas, por isso vivemos como todo o resto do mundo.

Eu discordo de meus pais em muitas coisas. Eles parecem um pouco ingênuos. Quando eu for Imperador, vou construir um palácio muito bem escondido e protegido por toda tecnologia que Moonet puder oferecer. Criar um grande exército de rambots e diversas armas. Estarei preparado para o retorno dos reptilianos Iluminates. E terei o maior prazer em destruí-los de vez!

Cheguei à sala de jantar e minha mãe me olhou com cara feia, já meu pai nem ligou para o meu atraso.

– Il, você sabe que hoje é um dia importante! Isso são horas? – resmungou minha mãe.

– Eu acabei pegando no sono jogando – expliquei.

– Se acalme, Lia, o garoto já está aqui – disse meu pai.

Então o computador da casa nos avisou da chegada de Duna, a irmã que eu iria conhecer hoje. Padmé correu para abrir a porta, ansiosa.

Minha mãe estava apreensiva pela chegada de Duna. Elas já se conheciam antes da guerra, quando Duna era uma huboot que cuidava da minha mãe. Acho que a apreensão dela é de saudade, não vê a hora de rever uma velha amiga, ou coisa assim, que agora será sua filha.

Padmé trouxe Duna para a sala e, quando a vi... Bem, Duna não é nada do que eu esperava. Diferentemente da maioria dos zeptoides, Duna é delicada, pequenina como uma garota de treze anos. Nitidamente tímida, cabelo rosa bem claro, comprido, com uma franja que a deixa com uma aparência

EPÍLOGO

ainda mais juvenil e delicada. E seus grandes olhos também são rosa claro, da mesma cor do cabelo.

Duna é absolutamente linda, como uma delicada flor que nasceu solitária em um devastado mundo. E naquele momento fiquei muito feliz em saber que ela não era minha irmã de sangue.

Compartilhando propósitos e conectando pessoas
Visite nosso site e fique por dentro dos nossos lançamentos:
www.novoseculo.com.br

facebook/novoseculoeditora
@novoseculoeditora
@NovoSeculo
novo século editora

1º edição Junho 2020
Tiragem 2.000 exemplares
Fonte: Athelas

gruponovoseculo
.com.br